有爱的青春陪伴者

兔子生气了

公主与恶龙 著

广东旅游出版社

中国·广州

图书在版编目（CIP）数据

兔子生气了 / 公主与恶龙著. — 广州：广东旅游出版社，2021.10
ISBN 978-7-5570-2589-2

Ⅰ.①兔… Ⅱ.①公… Ⅲ.①长篇小说－中国－当代 Ⅳ.①I247.5

中国版本图书馆CIP数据核字(2021)第179402号

兔子生气了

Tuzi shengqi le

公主与恶龙 / 著

◎出版人：刘志松　◎总策划：苏瑶　◎责任编辑：何方　◎责任技编：冼志良◎
责任校对：李瑞苑　◎策划：杭蓓蓓　◎设计：刘艳　孙欣瑞　◎封面绘制：PCYZDC

出版发行：广东旅游出版社
地　址：广州市荔湾区沙面北街71号
邮　编：510130
电　话：020-87347732
印　刷：长沙鸿发印务实业有限公司
地　址：长沙黄花工业园三号
邮　编：410137
开　本：880毫米×1230毫米　1/32
印　张：8.5
字　数：154千字
版　次：2021年10月第1版
印　次：2021年10月第1次
定　价：42.80元

版权所有・侵权必究

如本图书印装质量出现问题，请与印刷公司联系调换。联系电话：020-87808715-321

目录

:: Chapter.1 变成兔子了! 001 ::

:: Chapter.2 救命恩人与救命恩兔 020 ::

:: Chapter.3 悲惨的兔子 052 ::

:: Chapter.4 兔子很危险 081 ::

:: Chapter.5 兔子被通缉 115 ::

▼

目录

:: Chapter.6　人兔出征　141 ::

:: Chapter.7　软肋与铠甲　169 ::

:: Chapter.8　双生怪物　194 ::

:: Chapter.9　兔子的护理方式　222 ::

:: Chapter.10　结局　244 ::

:: Chapter.1 ::
变成兔子了！

1.

八月天气正热，白天城市的街道荒凉得像是世界末日，到了傍晚才有了点生气，风再一吹，城市的喧嚣便被点燃了。

海晏广场是这座城市的金融中心、购物中心，天还没彻底暗下去，各大商场的灯光就已经次第亮起，长街上人头攒动，大多是打扮精致的年轻男女。

而在海晏广场的背面，却是另一番景象。这边是一些私人小商铺，没有统一规划，各式各样的招牌堆在一起，层层叠叠，闪烁不停。随着商贩叫卖的声音和嬉笑怒骂的声音，烧饼的香味从摊位上飘来。烧烤摊的烟雾更是弥漫了整条街道，恍然有种上世纪老城的感觉。

几个刚放暑假的学生围在一家店门口，叽叽喳喳讨论着什么。

"找到了！好像就是这家！"

"看起来是不错，那就玩这个吧！"

"你说呢，喵喵？"问话的是班长。虽然才高二，但他已经长到一米八五了，直起身子显得五大三粗。

被问的人就好看多了，长相干净，皮肤白白的。大概是因为太瘦的缘故，虽然有一米七七，但相比起来秀气很多，他叫秦渺渺。

秦渺渺有些犹豫，看着招牌上阴暗压抑的几个字：密室逃亡。"亡"字还故意放歪了，跟阵亡了似的。

这哪里是解谜，这是要命。

秦渺渺咳嗽了一声，掩饰自己声音里的紧张，问道："真的要玩这个吗？"

班长说："来都来了。"

"就是！来都来了！你知道网上这家店有多火吗？我们好不容易才约到的！"

几个同行的女生兴致格外高。

"但……"

秦渺渺还想说什么，就又听到有人说："哎！我一直想玩，但怕自己智商不够出不来，今天秦渺渺在的话应该就没问题吧！他可是我们年级第一，我不信还有他解不出的谜！是吧，喵喵？"

秦渺渺傲娇得很，当即就说："既然大家都这么想玩，那好吧，谁叫我是年级第一呢。"

秦渺渺其实说得有点发虚,但也只能在心里安慰自己:也不是所有的密室都会很吓人吧?待会儿选个"微恐"的就行了!

但秦渺渺不知道,密室行业的微恐,就好像川渝地区的微辣。

密室在五楼。老楼的电梯有些破旧,到处贴满了广告,电线似乎已经老化,导致接触不良,灯光忽闪忽闪的。唯独电子广告屏是新装上去的,正在循环播放一部科幻片的预告片。

大家忽然之间安静下来,不约而同地看过去。

这部科幻片讲的是世界末日,一群人拯救地球的故事。最后一个画面是浩瀚的银河中,一艘飞船缓缓驶来,原本以为能冲破黑暗,可整个屏幕蓦地一黑,跟停电了一样。

其实是故意制造悬念。

"什么意思啊?"终于有人开口说话,打破了刚刚诡异的气氛,"有时间一起去看看呗!"

秦渺渺对世界末日一点都不感兴趣,反正哪怕真的世界末日也是几百年几千年之后的事情了,轮不到他来体验。

正想着,忽然"叮"的一声,电梯门开了。

一阵凉风从身后吹过来,秦渺渺吓了个激灵,摸了摸后脑勺。

"喵喵,走啊!"班长忽然开口。

秦渺渺又吓了一个激灵，惊魂未定地呼了口气，翻了个白眼，语气丝毫不具威慑力："能不能别这么喊我……"

班长抬手，轻松揽上他的肩："胆子小得跟兔子一样，不叫喵喵叫兔兔啊？"

几个女生在前面笑了起来。

秦渺渺觉得特别没面子，自己好歹也是今天的领军人物。他企图"挽尊"："谁胆子小啊？有本事待会儿挑个恐怖主题，谁都别退缩！"

"真的？"

秦渺渺说完就后悔了："假的。"又欲盖弥彰地解释道，"还是要照顾到女生。"

谁知道女生个个顶天立地："我们可不怕，要玩就玩最刺激的！"

这还了得！秦渺渺赶紧接话："那待会儿我来选剧本吧。"

秦渺渺从密室工作人员那里要来了可供选择的剧本，除了已经被预约的，还剩五个。为了表示民主，秦渺渺象征性地让同伴们选了三个，然后把他们选的排除掉。

这几个人都是哪个剧本封皮看起来最惊悚选哪个，他才不会遂他们的意，于是找了一个画面看起来最平和的，说道："就这个吧！"

班长拿来看了一眼："你确定不看看内容？"

秦渺渺只想速战速决:"就这个!"

"行!"班长爽快道,"要是能顺利逃出来,晚上请你吃兔头。"

为什么要请他吃兔头,秦渺渺没多想。

过了一会儿,工作人员来跟他们确认了一下时间和注意事项。对方再三询问:"确定都没有什么疾病史是吧?"

"什么意思?"秦渺渺有点慌。

工作人员解释道:"这个剧本在我们这里排行难度第一、惊悚程度第二,所以一些有疾病史的玩家是不可以进去的。"

秦渺渺嗓子发干,怎么活了十七年都没见有这个好运气,今天就撞上了?

他严肃又慎重地问:"感冒刚好,算不算疾病史?"

2.

秦渺渺作为全场军师,已经不记得自己是怎么被送进来的。

他觉得自己完全是凭运气从前两个密室出来,现在到第三个密室。他们被困在一间实验室里,整个房间除了一个冰棺一样的盒子之外,没有其他任何东西,外面还不时传来砰砰砰的砸墙声,毫无规律,让人一刻也不能放松。

现在又出现了极其诡异的滴水声。

根据工作人员的提示,最要紧的是先让滴水声停下来。

女生们已经缩在一起了,吸取了前面几关的经验,现在对如何解谜已经信手拈来,只有一句话:"秦大师你快想办法啊!"

班长这个在第一关抢过锤子的大汉都不太行了:"对啊,你快想办法啊!"

秦渺渺早就一身冷汗了,脊背发凉手脚发软,指着那个盒子,说道:"要不你们躺进去试试?"

"躺进去不会就被换到另一个房间了吧?"

不知道谁喊了一句,更没人敢上了。

女生们喊:"班长!"

众望所归,班长上了,可是躺进去没有任何反应,一切不变,只是滴水声反而越来越快了。

"要不换个人试试?"

几个男生都躺了一遍,最后只剩秦渺渺了。

秦渺渺欲哭无泪:"我可是你们的军师,要是我出什么事了,你们怎么出去?"

班长毫不犹豫地说:"我们投降出去吃兔头。"

"……"

同学们饱含期盼的目光落在秦渺渺身上,此刻,秦渺渺觉得自己好像是马嵬坡下的杨贵妃。

"那……那你拉着我呗,班长。"秦渺渺硬着头皮说道。

"行,死我都不放手。"

秦渺渺颤颤巍巍地躺进盒子,然后紧闭着眼。

滴水声越来越清晰,却渐渐地慢了下来。几个人面露喜色,还没来得及开口,只听滴水声骤然之间猛地加快。

下一刻,盒子动了——盖子竟然在缓缓合上。而秦渺渺像是睡着了似的,一动不动。

班长大喊一声:"秦渺渺!"

秦渺渺什么都没有发觉,只听周围忽然安静下来,没了声音,却有了风。

哪里来的风?

"班长?"

秦渺渺睁开眼,入目灰蒙蒙的一片,宛如失焦的镜头一般,许久才清晰起来。

这是哪儿?

他揉了揉眼睛,想看得更清楚一点,一抬手,却突然顿住,脑袋空白了三秒钟。

这白乎乎毛茸茸的东西是什么?

他再低头,发现肚子、腿、脚全部不对劲。

秦渺渺不抱期望地摸了摸自己头顶，竟然有一对兔耳朵。

谁给他穿的玩偶服啊？

秦渺渺双手捂住头，想把头套从脑袋上扯下来，可这兔头就跟真的一样，又或者长在脖子上一样，纹丝不动。

完了……秦渺渺趴在地上，绝望地想，难道他变成兔子了？

再看周围，偌大的城市仿佛刚经历过一场浩劫，楼房破落，空无一人，只能偶尔听到鸟兽的叫声。天空是青灰色的，而最可怕的是头顶那轮只剩二分之一的太阳。

"世界末日"四个字在脑海里一闪而过，秦渺渺觉得自己整个灵魂都震荡了，不是吧……

他在密室躺得好好的，满打满算也不过十分钟，彗星撞地球都没这么快的，世界怎么会忽然末日？他又为什么会变成一只兔子？

荒唐！梦！一定是梦！是噩梦！

秦渺渺来不及细想，忽然听到了一阵抓耳挠心的声音，就好像是放大了五十倍的磨牙声。

他耳朵一竖，有危险！

情急之下，秦渺渺下意识地跳到了旁边那棵树上。

从头到尾都极其符合一只兔子的应激反应。只是大概还没习惯兔子的身体，他第一次没抓稳，直接从树上滑了下来。第二次奋力一跳，发现原来兔子真的能上树。

下一刻，一只鳄鱼从前面废楼的拐角处出现。不对，不是鳄鱼，它的背上长满了刺，体型也比普通鳄鱼要大一倍，两颗巨大的獠牙锃亮，身上不断地分泌着浓稠的黑水。

秦渺渺愣了，这是什么东西啊？现在是做梦吧，只是做梦有必要把这么恶心的东西具象化吗？连恐惧感都这么真实。

秦渺渺吓得直打战——是梦吧？肯定是梦！

只见那怪物动了动鼻子，似乎闻到了什么气味，然后朝这边爬来，停在了秦渺渺刚刚站过的地方。然后，那对獠牙竟像是有了生命一样，开始变长，扭动，看上去无比坚硬，接着像箭一样扎到地上。

而那里有的只是秦渺渺刚刚从自己头上抓掉的一撮兔毛。

风吹着树叶晃动了两下，秦渺渺僵住了，他已经没空想那怪物到底是什么东西了，只觉得自己的尸体可能下一秒就会挂在那恶心的尖牙上。

因为那尖牙已经发现了他，继续扭动着，朝着他的方向探来。

而秦渺渺现在手脚发软，想逃都逃不了，只能眼睁睁地看着它伸过来。

"啊——"

预想中身体四分五裂的疼痛感并没有到来，只是嗓子喊疼了。

秦渺渺等了半天都没动静，睁开半只眼——

那怪物一动不动，看上去像是仿真塑料玩具一样，只是脖子那

里好像被什么东西扎进去了。

死了？

空气逐渐安静下来。秦渺渺确定它是真的不动了才敢用力喘气，他靠着树干瘫坐下来，使劲捂着心口。

可不等他平息内心的慌乱，一道尖锐的叫声划破长空，随即天色渐暗，原以为是变天了，结果是头顶飞来一群黑压压的鸟，远看以为是乌鸦，近了才发现每只鸟都长着三个头。

这个世界上就没有一个正常物种吗？怎么长得全跟幼儿园小孩画的怪物似的？还是说他这样一头一身五官端正的才叫不正常？

鸟群落下，像是清扫者一样，开始啄食那怪物的尸体。眨眼间，原本庞大的怪物只剩下一具骨架。

原本扎入怪物脖子里的白色不明物体也掉在地上，像是一枚超级大子弹。下一秒，这一群鸟怪竟然全部扑棱着翅膀摔落在地上，转眼化作一摊摊黑水。

秦渺渺一脑袋问号——那怪物的肉是有毒吗？还是那枚超级大子弹带着毒？

一个大胆的想法在秦渺渺脑子里产生——杀死怪物的人，不仅仅是想杀死一只怪物这么简单，而是把它当作诱饵，将整个鸟怪群一网打尽。

到底是谁杀死了怪物？

秦渺渺环顾一圈。末日硝烟四起，满目疮痍，残破的天空只剩一半的太阳。那人就站在高高的废墟之上，银白色的短发，黑色外套，手里拿着一架巨大的黑色激光炮。

秦渺渺看不清他的样子，只觉得他站在那里，孤独而又凛冽，像是这场世界末日的缔造者。

3.

银发少年刚结束一场猎杀，面容冷峻，没有一丝表情，靠在墙上耐心细致地擦拭着自己的武器。

那武器和他一样，周身都散发着一种令人不寒而栗的冰冷气息，坚固的外壳下不知道压制着怎样令人震慑的威力。

它有个孤独的名字——天煞。

耳机里是这次作战计划的指挥官克里斯的声音："雷欧彦，十二区 I 级怪物反应已经消失，剩下的散兵由二队处理，你可以返回基地了。"

"二队？"少年冷嘲一声，语气轻蔑，"你确定留着现在的二队来对付这些怪物，他们不会全军覆没？"

"雷欧彦！"克里斯打断他，声音严厉了许多，"我不管你想做什么，现在我以你长官的名义命令你，返回基地。"

"至少不是现在。"

雷欧彦干脆关了耳机。他站起来,深蓝色的双眸仿佛结着一层冰一样,没人能看穿平静无澜的冰面下究竟是一番怎样的暗涌。

而他视线及地之处,是一棵郁郁葱葱的樟树,苍翠之间却有一团白色的身影。雷欧彦轻松架起背后的武器,半眯着眼睛,对准那处。

也只有在这种时候,他那双蓝色的瞳孔里才会泄露出一点情绪。那是在享受猎杀的乐趣。

爬树容易下树难,秦渺渺蹬了半天兔腿都找不到落脚的地方,最后是直接摔下来的。

苍天啊,为什么做梦都当不了英雄,而是一只这么没用的兔子。

他爬起来,警惕地往四周看了一眼,没什么异常,警报解除。但肚子却不合时宜地响了起来。

原来不管什么时候,肚子该饿的时候总是会饿。

可现在哪里有吃的呢?秦渺渺漫无目的,随便找了个方向探寻,可一路上除了草之外,就只有石头了。他停在一片草地上,捂着毛茸茸的肚子,既然都是兔子了,应该能吃草吧。

秦渺渺犹豫了许久,终于鼓足勇气,稍稍尝了一口——呸,好想回家,好想吃红烧肉糖醋排骨北京烤鸭。

可现在什么都没有,秦渺渺越想越难过,从最开始到现在,他在这个世界里大概待了三个小时，却觉得有三年那么漫长。

恐惧、饥饿、疼痛……如果真的是梦的话，为什么所有的感觉都这么真实？如果不是梦的话，谁来救救他？

秦渺渺坐在地上嗷嗷大哭了起来，完全没有意识到他一路走来，早已经成为无数个饥渴怪物垂涎的美食。

黑暗里危机四伏，潜藏着无数的异样生物。但是在这个满是异类的世界里，这只兔子才是唯一的异类。

秦渺渺哭完了，拿自己的手胡乱地擦了擦脸，正准备站起来，一转身，一道凌厉的风如同刀子一样划过来。秦渺渺反应够快，顺势翻了个跟头，趴在地上。

那东西由于惯性往前飞出一段距离，竟然又掉头，直面着他冲过来。秦渺渺这才看清，那是一只巨大无比、长着八只眼睛的蚊子！

大概是兔子的本能反应，秦渺渺愣了一秒钟，拔腿就跑，灵魂都仿佛被身体丢在了后面。

可是这东西比他想象中的还要难缠许多，躲不开又甩不掉，更何况，不知从何处又飞来了一只怪鸟。

秦渺渺不知道自己跑了多远，最后被逼到一条巷子里。原本以为尽头是一面墙，可跑近了才看清，竟然是一只变异的棕熊。它体型巨大，肚子上长了两张嘴，像是道路尽头的两条隧道，等待着猎物误入其中，然后将其生吞掉。

前有悬崖，后有追兵，电视剧都不敢拍得这么刺激，偏偏秦渺渺遇到了。

秦渺渺没时间细想，眼看就要撞上那棕熊了，只能放手一搏。可秦渺渺并没有停下来，只是放缓了速度，像是在等身后的怪鸟。

一声尖锐刺耳的鸣叫声将天空划开一道口子。千钧一发之际，秦渺渺一脚蹬上棕熊的脸，然后一个空翻，与怪鸟擦身而过。而那怪鸟因为惯性，直直地撞上了棕熊，利喙插在它身上。转瞬之间，剑拔弩张的气氛终于告一段落。

秦渺渺原本想帅气地落地，但是能力有限，掉在地上滚了几圈，然后"咔嚓"一声，扭到脚了。

那棕熊也并没有全然消停，像是坏掉的玩具，卡顿了一下，竟又重启了。只见它表情狰狞，身体里好像有什么东西在横冲直撞，想冲破那层皮囊，最终划开了头颅，血肉模糊，从里面生生长出一对翅膀来——这两只怪物竟然融合到了一起！

天啊，长得丑就算了，长得丑竟然还会进化！

秦渺渺看呆了，他觉得自己这次是真的跑不动也跑不掉了，全身上下只剩屁股还能带他艰难地往后挪，做最后微乎其微的挣扎。

难道现在就要结束这短暂的兔生了吗？这一生虽然没什么能让秦渺渺留恋的，但他也不想死在这么个丑东西手里。

秦渺渺绝望极了，在兔生的最后一刻，忽然想起自己上午看到的那个人类，不知道为什么，只是觉得如果他在就好了，如果自己能像他一样就好了。

想做英雄，却偏偏只是一只兔子。背后一凉，秦渺渺好像撞上了一根柱子。像是溺水的人抓住了一块浮木，秦渺渺紧紧抱住它，仿佛真的能汲取到温暖和力量似的。

也许是忽然之间有了依靠，也许纯粹是因为自己傻到家了，秦渺渺哭丧着脸，冲那只怪物露出洁白的大门牙，然后发出毫无威慑力的一声"嗷呜"。

风似乎都感觉到了尴尬，不吹了。

但是那怪物竟然也真的停了下来。秦渺渺还以为是自己的叫声奏效了，继续龇牙咧嘴。突然，听见"砰"的一声，周围的空气瞬间凝结在一起。

怪物倒下了，渐渐融化，变成了一摊黑水，而水中央是一只白色的小虫，它鼓动着肚子，轻轻起伏，竟然还有些可爱。

秦渺渺依然游离在状况之外，根本反应不过来发生了什么。难道是怪物自爆了？

他呆呆愣愣的，想上前去看看，可下一刻，耳朵一痛，兔子腾空了。

大概是真的被吓傻了，秦渺渺低头看着离自己越来越远的地面，还以为自己飞升了。

直到自己被转过来,对上那张脸——是他!是自己朝思暮想,在生命的最后一刻还想见到的那个少年!

所以刚刚自己抱的柱子是……

秦渺渺低头看了一眼,原来是他的腿!怪不得忽然获得了力量。

秦渺渺仔细地将少年打量了一遍,从腿到腰,到肩,再到脸,大概见了太多丑东西,眼前这张脸干净、帅气,尤其是眼睛,是深邃的蓝色,像是深夜平静无澜的海平面,竟然这么好看。

秦渺渺突然振奋了起来,就好像在天寒地冻的荒原里看到一簇火焰,这是他来到这个世界之后遇到的第一个有温度的东西!

秦渺渺泪眼汪汪,饱含深情又充满希望地望着少年。

雷欧彦拎着兔子,左右看了看,脏是脏了点,但并没有被污染,也没一点变异的趋势,还真是一只纯粹的兔子。

从兔子还在树上的时候,雷欧彦就注意到了,所以他把枪对准了兔子,但怪物反应器对于兔子的存在没有任何信息反馈。

直到看到兔子从树上摔下来,雷欧彦才收回枪,因为怪物不会笨得这么直白。

他跟了兔子一会儿,看兔子觅食,被追捕,甚至还会耍一点小聪明,用一些小手段,一切表现都是怪物不会有的。

最主要的是太弱了。他这个时候方才笃定,这就是一只普通的、有点蠢的兔子而已。

兔子打了个喷嚏。

雷欧彦皱了皱眉,瞥了眼地上那团白色的小虫,然后将兔子放下来。

他走过去,蹲下来,从怀里掏出一个瓶子,打开盖子,瓶口倾斜,只见那团白色的小东西立刻钻了进去。

雷欧彦盖上瓶子,收了起来。

秦渺渺看着就不乐意了,那可是一只怪物呀!他瘸着腿,蹦蹦跳跳地凑过去,想让雷欧彦认识到他才是最可爱的那只兔子。

雷欧彦转过身,看着他。

秦渺渺目光灼灼,立刻开始撒娇卖萌,企图让少年感受到他的爱意。

少年却只笑了一声:"不想跑吗?"

秦渺渺不明白。

下一刻,他又被拎了起来。少年冷冷地说:"给过你机会了,既然不跑的话,那就别后悔。"

秦渺渺耳朵受控,动弹不得,只在心里使劲摇头,兴奋难耐:不后悔!只要我还当兔子一天,我就跟你一天!

雷欧彦自然不懂他的想法,看了他一圈,自顾自地呢喃:"毛色不错,品种应该也不错,腿看起来挺肥的。"

秦渺渺这才隐隐觉得不对劲：什么意思？！

"麻辣兔头、红烧兔腿、麻辣兔丁，让我想想，还有什么好菜可以试试……"

他要吃我？

雷欧彦语气透着股酒足饭饱的懒意，在秦渺渺听来却如同晴天霹雳。秦渺渺原本以为自己得救了，甚至是遇到了可以帮自己回家的人，谁知道只是遇到了一个比那些想吃自己的丑东西长得好看点的东西！一腔痴心竟然错付了！

亏自己刚刚还在心里夸了他无数遍！

此刻，内心的愤怒像是气球一样慢慢膨胀起来，秦渺渺鼓起腮帮子，拼命挣扎，但无济于事。

你放开我！

"精神不错。"

放我下来！

"肉质应该也不错。"

难吃得很！没有人会爱吃兔子的！

"就是……"

秦渺渺仿佛看到了希望，以为雷欧彦会放弃吃他。谁知道狗嘴里吐不出象牙，说了还不如不说。

"有点太吵了。"

说完,雷欧彦敲了敲兔头。秦渺渺也不知道自己怎么这么弱,就这么轻轻一敲,竟然就被敲晕了!

他昏了过去,百分之五十是被气晕的。

雷欧彦笑了一下,然后把兔子随意丢进了口袋。兔耳朵塞不下,耷拉着垂在外面。没有人会知道那是什么。

毕竟谁都想不到,冷酷残暴的独狼战士雷欧彦的口袋里,会装着一只小兔子。

:: Chapter.2 ::
救命恩人与救命恩兔

1.

从一百七十年前的那场灾难开始,地球便已经不是原样了。

人类赖以生存的东西在一点一点地消失,阳光、空气、水分和生态系统。

地球仿佛是厌倦了人类,收回了一切特权,孕育出了另一股力量——怪物,他们比人类更能适应现在的地球环境。

他们残忍、邪恶、没有智慧、没有感情,好像生来只有一个目的,将人类铲除。

而现在,人类只能依仗着一个可以维持生态运作的能量球来生存,它能提供足量的空气、水分以及人类所需的养分。

像是一颗人造太阳,维持着人类的生存环境,人们叫它"泉眼"。

全球只有三颗，分别衍生出了三个生存基地。

NAT便是人类第三大生存基地。此时此刻，作战总指挥部正在召开一场高层会议，视频接通了另外两个基地，整个会议室的气氛压抑得可怕。

"我要说的就这些，怪物的变异速度远比我们预料的要快得多，现在的武器技术很难跟上了。"说话的是作战部的负责人克里斯，她一头栗色的鬈发，妆容精致，穿着红色的皮夹克和黑色皮裙，高跟鞋显得腿长且匀称，性感干练又不失气势。

投影里的男人抬起头，军装，皮靴，刀削斧凿般的轮廓，面容冷峻而威严，举手投足之间有一种说不出的气势。仅仅一个虚幻的轮廓，就让会议室的气氛冻到了极点。

他是NAT作战计划的总负责人戴蒙。现在正在执行三大基地的秘密任务，行踪不定，只会定期召开会议，了解基地的情况。

"除此之外呢？"戴蒙问道。

"战斗力也跟不上，"克里斯摊了摊手，如实汇报，"上一次的战斗中我们又失去了一个队伍，现在只剩三个核心作战队伍。三队实力一般，二队队长牺牲后，位置一直空缺，副队长资历不够，一队……"

她说到这里停顿了一下，似乎是十分头疼，手撑着额头，语气

里有几分苦涩和无奈:"一队队长雷欧彦,你也知道他的情况。"

雷欧彦是 NAT 猎杀执行组年纪最小的队长,独狼战士,天才猎手,冷酷残忍,像是一台猎杀机器,比起怪物有过之而无不及。

果然,其他基地的人纷纷笑了起来,毫不避讳:"所以说你们现在的核心力量,就是一个杀了自己搭档的少年?"

在三年前的第三次人异大战中,雷欧彦杀了自己的队友——当时的二队队长沈未来。

"这样的人就算再有天赋,放到我们基地也是处死,只有你们基地视'才'如命,养着一个跟怪物差不多的怪物。"

克里斯忍得嘴角都在抽搐,要不是碍于基地之间的关系,她早掀桌子开始辱骂这群蠢蛋了。

但他们说得又让人无法反驳。

克里斯深呼一口气,正要开口,戴蒙打断她:"好了,你先出去吧。"

克里斯一顿。

"出去。"

"我知道了。"

克里斯从会议室出来,撩了撩头发,松了口气。果然,比起应对这群上级领导,对付怪物可能会更轻松。

耳机里传来呼叫声，是指挥台。克里斯接起来："什么事？"

"长官，队长回来了。"

克里斯失神了片刻才意识到他们说的是雷欧彦。

"情况怎么样？"

克里斯虽然是雷欧彦的直属上司，却向来对他束手无策，也习惯了他每次战斗回来惹的一堆麻烦。她甚至觉得雷欧彦手里拿着一本基地法律法规，目的就是要把上面的禁令都犯一遍。

所以得知他回来的消息，克里斯心情又沉重了几分，她仿佛已经看到了无数检讨材料压在自己头顶。

"说吧，只要没把基地炸掉就还有救。"

对方欲言又止："队长带了只……兔子回来。"

"兔子？"克里斯停下来，气血直冲脑门，这又是哪门子事，"他现在在哪儿？"

"在实验室。"

秦渺渺醒过来，入目的是天花板上刺眼的灯光，照得他头晕目眩。他一时之间有点回忆不起来发生了什么。

好像是做了一个梦，梦里有很多怪物，自己还变成了一只兔子。哦，对，还有一个天使脸恶魔心的大怪物，那大怪物竟然说要吃了他……

秦渺渺猛地坐起身,发现那大怪物就在他面前,靠着一台白色的仪器,低着头好像是在看屏幕。而自己被关在一个玻璃箱里,玻璃上印着他的脸——竟然还是一只兔子!

"醒了,"雷欧彦抽空看了他一眼,一扫而过,不带任何感情,连声音都是冷冰冰的,"可以开始了。"

秦渺渺耳朵一竖,开始干吗?这就开始要把他做成菜了吗?

他惊恐极了,不停地往后退,直到靠上背后的玻璃。忽然,不知道从哪里弹出来的锁扣,将他的手脚全部扣住,整只兔成"大"字形被绑了起来,竟然还转起来了!

秦渺渺眼泪都快流出来了,他现在觉得自己就像是一只烤鸭,为了烤得匀称一些,需在火炉里不停翻滚、转动。

难道这里的怪物们都是这么生烤兔子的吗?

好残忍,好可怕……

他闭起眼睛,开始祈求这个噩梦快点结束,并为此愿意不再吃烤鸭。

大概过了一分钟,灯灭了,转动也停了,锁扣打开。秦渺渺毫无防备,"扑通"一声摔了下来,倒是摔清醒了几分,可梦还是没有醒。

这是干吗?杀兔子之前还要拍个X光检查吗?!

他气得不行,站起来整理了一下自己的仪容仪表,然后凶神恶煞地瞪着雷欧彦，仿佛要跟人同归于尽。

可雷欧彦看都没看他："没问题？"

"是没问题。"

秦渺渺这才注意到这个地方还有个人，是一个漂亮姐姐，她穿着白色的无菌服，头发松松地绾在脑后，目光温柔，气质温婉。

她从那台仪器前站起来，走过来，轻轻敲了敲玻璃，眼里饱含逗弄小动物的深情："就是一只普通的小兔子而已。"

秦渺渺呆呆的，看见她胸前的名牌上写着"开发部——雷米亚"。

雷米亚按下开关，打开玻璃箱，刚伸手，秦渺渺就顺势跳进了她怀里。他跟看到了亲姐似的，亲昵地蹭了蹭她的手心，心中大喊：姐姐！

雷米亚笑起来，暖意融融："阿彦，你可捡到宝贝了。"

呜呜呜。秦渺渺长这么大，亲妈都没喊过自己宝贝。

雷欧彦走过来。

秦渺渺看见他就来气，傲娇地哼哼了两声：看到没有？本宝贝是你不能吃的，懂了没？

雷欧彦问了一个毫不相干的问题："是只公兔子？"

雷米亚也愣了一下："应该是吧。"

发现两道目光同时看过来，秦渺渺捂上捂下，手忙脚乱。如果兔子会脸红的话，他现在应该是只红烧兔头。

"倒是挺亲人。"雷欧彦漫不经心的语气带着一丝嘲讽。

"你小时候也……"雷米亚还没说完,被雷欧彦一个眼神打断。

她笑了笑,换回话题,说道:"如果我没有记错的话,兔子是在十五年前被生物研究所宣告灭绝的。但现在又出现了,而且就这么一只。"

雷米亚顿了顿,看着兔子:"是很珍贵的。"

秦渺渺有点明白了,从他来的时候就能感觉到,这已经不是他原先的世界了,也许是另一个变异了的世界,也许是多年后的末日。

在这里,万物趋于灭绝或者变异,新的物种开始侵蚀这个世界,且与人类为敌。

可他为什么会在这里?秦渺渺怎么也想不明白,拯救地球也不至于吧,他现在什么用都没有。

秦渺渺看到雷米亚稍显慈爱的眼神,忽然一顿,该不会要给他配种搞什么濒危生物拯救计划吧?

秦渺渺在心里喊:我还未成年呢!

"没什么病吧?"雷欧彦忽然问道。

雷米亚不明所以地摇了摇头:"还挺健康的。"

"那就好。"

当然好了,男子八百米第五名呢。

雷欧彦说:"那就吃掉吧。"

兔子急了会咬人!

"雷欧彦!"一道气势十足的声音传来。

门几乎是被踢开的,克里斯气势汹汹,完全没有一开始的稳重镇定,目光在房间里巡视了一圈:"兔子呢?"

"吃掉了。"雷欧彦拿起桌上的水杯,抿了一口。

而此时的秦渺渺被雷欧彦塞进了口袋,还被紧紧按着头,不让他往外钻。虽然雷欧彦不是什么好人,但直觉告诉他来者不善,秦渺渺决定还是不要轻举妄动。

克里斯叹了口气,换了目标:"米亚?"

雷米亚不太会应付现在这种场面了,她举手投降:"克里斯,你别为难我了……"

"那就是真的有兔子了?"

"都知道的事情为什么还要问?"雷欧彦一脸漠然。

克里斯对雷欧彦好像总是拳头打在棉花上,不管什么事他总是这样一副漫不经心、不甚在意的样子。克里斯甚至觉得,就算末日那一刻真的到来,他也只会是这种表情。

克里斯实在受不了了,三步并作两步走到雷欧彦面前,甚至要抬头才能对上他的眼睛:"你知道从外面擅自带一只兔子回来是多么危险吗?但凡基地里有任何被感染或者情报泄露的事情发生,都

与你脱不了干系！你会被当作叛徒！"

雷欧彦不甚在意："重要吗？"

"你……"

"克里斯，"雷欧彦看过来，打断她，"是我开枪杀的沈未来。"

"啪"的一声，雷欧彦的脸颊渐渐变红，脸上的表情却一点都没变。

克里斯也愣了，没想到自己真的会打他。

2.

沈未来是原二队队长，战功赫赫，备受拥戴。如同他的名字一般，好像能给这个时代带来希望，却在第三次人异大战中牺牲，死于雷欧彦之手。

没人知道当时发生了什么，但所有人都看到是雷欧彦开的枪。

实验室里只剩下雷米亚和克里斯两个人。

雷米亚给她倒了杯水。克里斯看了一眼，问道："有酒吗？"

雷米亚摇了摇头："实验室里不让喝酒。"

"算了。"克里斯把水当酒，一饮而空。

雷米亚叹了口气："阿彦他……"

雷米亚是雷欧彦的姐姐，于情是偏袒雷欧彦的，可于理她又是最不该替他说话的,只能低下头:"算了,没事。"

克里斯看着她欲言又止的模样,忍不住笑出来。

雷米亚有些奇怪地看过来。

"好啦,"克里斯笑着说,"别以为只有你了解他,我可是和你一起看着他长大的,他小子到底什么样我会不知道吗?"

"我会和你一样相信他。"

克里斯温温柔柔的,她好像总是能把时间拉缓,有她在的时候,连风都是宁静轻缓的,时间一步一个脚印,让每一秒都有迹可循。

雷米亚愣了愣,回过神来,笑了笑:"谢谢你。"

"谢我就请我喝酒。"克里斯最受不了这样的温情时刻,挥挥手躺下来,开始絮絮叨叨地说着几个上级长官的坏话。她提到戴蒙的时候语气尤为怨怼,没有注意到雷米亚微微怔了怔。

雷米亚给克里斯倒了杯水:"我待会儿可能要出去一下,你就在这里休息吧,我晚上回来喊你。"

"晚上陪我喝酒哦。"

"好。"

"那你去吧。"克里斯确实累了,翻了个身,打了个长长的呵欠。

"对了,"雷米亚换好衣服才说道,"那只兔子检查过了,暂时没什么危险。"

"我知道,"克里斯的声音已经染上了困意,不甚清晰,"我

知道有你在的话,雷欧彦不会乱来的。

"所以你可千万不要跑掉哦,不然我也不能保证雷欧彦会做出什么来。"

"他不会的。"雷米亚笑了笑,见克里斯睡着了,给她拿了薄被盖上。

克里斯睡得迷迷糊糊,本能地往被子里钻了钻,像是小动物一样。

也只有在这个时候,她才会卸下一身的铠甲,做回真正的自己。

雷米亚看了眼时间,还早,便准备去植物园摘些胡萝卜,拿回来喂那只兔子,顺便准备晚上的饭菜。

雷米亚给克里斯留了字条,然后离开。

雷欧彦习惯一个人待在基地总部的眺望塔,这里视野开阔,整个 NAT 基地能一览无遗。

秦渺渺缩在雷欧彦的口袋里,他暂时还不明白他们刚刚在吵什么,只知道雷欧彦被打了一巴掌,现在心情不太好。

所以他一点都不敢造次,生怕雷欧彦一气之下迁怒于他,直接把他丢进锅里煮了。

秦渺渺探出一个头,却被眼前的景色震撼到了。原来这就是末世里的人类居住空间——城市依然有鳞次栉比的高楼和迷离的灯光，中心城区更加繁华，一点也看不到末日的气息。最外围的几圈建筑冰冷坚固，像是一道高墙，大抵是为了保护城区而设立的。墙外面应该是副城区，灯光零星点点，越到外围越幽暗。

而他们现在位于整座城市的最中央最高的建筑上，它有个很普通的名字，叫眺望塔。冰冷傲骨，高耸入云，宛如定海神针一样守护着这个地方。

就像雷欧彦一样。

秦渺渺侧头看了他一眼，这个人永远这样冷冰冰的，眼睛更是深不见底，就好像世界已经走到了末日，这世上只有他孤零零的一个人，一切都不重要了。

可即便如此，他依然在守护这个地方，绝望而又孤注一掷。

秦渺渺也不知道自己为什么会忽然同情起一个要吃掉自己的怪物来，也许这人除了爱吃兔子这点比较恶劣之外，其实还算好人。

"想出来？"

秦渺渺回过神来，意识到雷欧彦在跟自己说话，便试探了一下，见雷欧彦没有要拦他，便顺势钻了出来。他在雷欧彦旁边坐下，停顿了一秒，又故意往边上移了移，隔开了一米的距离。谨防雷欧彦突然对他动手动脚，尤其是拎他耳朵。

雷欧彦瞥了他一眼："想跑的话现在就可以跑，不然等我要吃你的时候想跑都跑不掉了。"

还要吃我啊？刚刚还夸你好人呢！

秦渺渺立刻往旁边挪了挪，又挪了挪。

可雷欧彦的目光却越来越不对劲，好像有点不爽。秦渺渺不明所以，心想不是你让我跑的吗？现在又要反悔吗？

那我就先跑啦。

秦渺渺转身立刻往外跑，可刚跑两步就猛地一怔，全身上下如同过电一般微微一麻——不好，有危险。

他下意识地回头一个猛扑，准确无误跳进了雷欧彦的怀里。

雷欧彦没想到兔子忽然回头，马上接住了兔子，雪白的兔子坐在自己的手掌心，那是一双沾了无数鲜血的手。雷欧彦忽然有种短暂的不自在感，这是在他过去的十九年里从来没有过的，可这种感觉很快便消失了，短暂得像是没有存在过一样。

雷欧彦恢复一贯的样子："这么不怕死？"

想什么呢！怕死才来的。秦渺渺急得跺脚，不知道该怎么跟雷欧彦表述那里有危险，只好在少年怀里乱蹦，唯独耳朵跟指南针似的，朝着一个方向不动。

"安分点，"雷欧彦立刻明白了过来，顺着兔子耳朵指的方向看过去，"你说那里有危险？"

天才！秦渺渺点头如捣蒜。

雷欧彦忽然看向他："那里是植物园，一般不会有问题，你为什么会知道那里有危险？"

秦渺渺也说不上来，就好像人的第六感，甚至比这个还要笃定得多，也许是兔子的第六感。

他也不知道要怎么解释。

想了想又觉得不对，这人该不会以为是我搞的鬼吧？想什么呢，我要是有那么大的能耐还能落到你的手上？不信我就算了。

秦渺渺气呼呼地从雷欧彦怀里跳下来，正准备走，却被人拎起了耳朵。

雷欧彦拎起他，放到自己背后，让他坐在自己的武器上。

"本事小脾气倒不小。"雷欧彦说了句，往前走去。

秦渺渺还没反应过来，所以这小子是相信我了？转而又觉得威风了起来，我就算是只兔子，也是只被末日里最厉害的战士相信的兔子！

非同凡响。

对于这只兔子来说，基地并不安全，雷欧彦准备将他先送到实验室交给雷米亚，可去了才发现她不在。

只剩似乎是刚睡醒的克里斯。

克里斯烦躁地揉着头发，丝毫不在意形象全无。

克里斯看见雷欧彦的时候也有些意外，但更让她惊讶的是他竟

然就这么带着兔子招摇过市!

秦渺渺一见形势不对,立刻顺着雷欧彦的胳膊溜到他的口袋躲起来。雷欧彦看了他一眼,说不清什么情绪,打断正要发作的克里斯:"雷米亚呢?"

桌上有杯常温的水,是雷米亚事先准备的,克里斯拿起来喝了一口润了润嗓子,看到了桌上的字条。

雷欧彦也看到了,神情瞬间变得凛冽。克里斯好像也明白了什么,没有再去纠结这只兔子:"发生什么事了?"

"封锁植物园3区,"雷欧彦说完又看向兔子,"你要待在这里,还是跟我一起?"

大概是雷欧彦难得语气温柔,又或者是对面克里斯太凶,秦渺渺觉得自己好像是被蛊惑了一样,抓住雷欧彦的口袋,缩了进去:当然跟你走。

雷欧彦转身,克里斯也站起来,立刻切换回作战状态,高跟鞋敲击地面的声音铿锵而有节奏,仿佛给她穿上了一层隐形的铠甲。

NAT基地的每一环之间都会有特殊通道,像是城市的轨道交通一样。通行工具是一个叫摩托舱的东西,速度快且有作战功能,但每个区域数量有限,而且今天刚好撞上巡视日,一台空闲的都没有。

工作人员此刻正唯唯诺诺地站在雷欧彦旁边："一队长，我刚刚已经跟领导汇报过了，十分钟内从别的区调一台过来。"

雷欧彦抬了抬下巴，指着停在第三轨道的那台。意思很明显，那里不是还有一台吗？

工作人员一慌，格外为难："一队长，那是……"

话音未落，站台上又进来几个人。

为首的是一个褐色短发男人，他穿着黑色的作战服，腰间别着一把长刀，嘴里叼着一支细长的烟，似乎刚结束战斗，脸上还有一道未愈合的伤口，表情桀骜不羁。这是执行组二组副队长，前DNT总负责人的儿子，李维森。

他跟雷欧彦向来有些不对盘，一进来便看穿了雷欧彦的意图，径直走到雷欧彦面前："哟，这不是一组队长吗，这是要去哪儿？"

雷欧彦并没有搭理他，直接绕开，仿佛他并不存在。

李维森立马不乐意了，连戴蒙都对他礼让三分，唯独雷欧彦从不把他放在眼里。李维森抽出长刀，冷光乍现，上面似乎还残存着怪物的血腥味。

他把刀横在雷欧彦面前："想抢小爷我的车要问问我同意不同意。"

雷欧彦侧眼看他："问了你你难道会同意？"

"当然不会。"

"那为什么要问?"

李维森气得牙痒:"你管我!我就是找你碴不行吗?"

"现在没空,"雷欧彦拨开他的刀,确实没有时间跟他耗下去,"别忘了今天是沈未来的忌日。"

雷欧彦太知道李维森最在意的是什么了,沈未来是李维森的老师,也是他最亲近的人,偏偏又是雷欧彦杀了沈未来。

李维森的脸色正以肉眼可见的速度变青,眼睛也因为愤怒而变红,咬牙道:"雷欧彦,你给我等着,我一定会替他报仇的!"

雷欧彦往前走,又停了停:"欢迎。"

车子发动后,秦渺渺才敢探出头来,刚刚的气氛实在是太紧张了,他什么都没听明白。呼了口气,他小心翼翼地看了雷欧彦一眼,好像还好。

倒是那人……秦渺渺往前一看,那个气得冒烟的男人不是班长吗?

班长?

秦渺渺这次是真的见到了亲人,差点就跳了出来,却被一只手及时按了回去:"别给我惹麻烦。"

话音刚落,雷欧彦猛踩油门,车子即刻飞了出去,速度飞快。秦渺渺觉得自己被吹成了一张饼,紧紧贴在雷欧彦的口袋里,动弹不得。

他只好有些艰难地挥了挥兔爪：班长！等我回来！

3.

植物园位于 NAT 基地第三层。

车子停下来，兔子已经变成了白毛狮王，原本柔软的毛发经过狂风的洗礼全部都竖了起来。雷欧彦取下头盔，倒是一点不受影响。

秦渺渺气不打一处来，他现在是一点形象都没有了，凭什么雷欧彦还能保持帅气？他气呼呼地往里走，却被雷欧彦捞了回来。

秦渺渺不明所以，干吗？该不会是不相信我了吧？

只听里面传来一阵撕心裂肺的惨叫声，秦渺渺这才意识到，他刚刚竟然想自己冲进去，里面可是怪物，搞不好一开门就被生吞了。

想到这里，秦渺渺自觉往雷欧彦怀里缩了缩。雷欧彦觉得怀里暖暖的，有些不自在，想把兔子拎出来，可无济于事。

那就算了吧。

雷米亚刚摘完胡萝卜便听到了警报声，植物园 3 区人不多，除了她还有一个年轻男人，应该是 NAT 的普通居民。

男人显然是被吓到了，慌慌张张，刚摘好的菜散落了一地。

雷米亚走过去,把男人扶起来。

"怎么会……"男人语无伦次,"是怪物吗?怪物怎么会进到三层?"

雷米亚脸上始终是一副云淡风轻的表情,温和平静,好像没有什么能让她有所起伏:"是啊,怎么会到这里来?"

"快,快躲起来吧。"

NAT 基地的每个位置都有一个避难舱,小胶囊一样的自动装置,紧急情况可以用来避难,然后传送至基地。

雷米亚搀着他走过去,就剩不足十米的距离的时候,怪物出现了。是一只变异的水蛭,又像是一摊污泥,迅速地朝这边蹿过来。

路不好走,男人由于恐惧再次跌坐在地上,他不想连累雷米亚,奋力将她一推:"你快走吧,你快进去。"

雷米亚被推进了避难舱,她不明白他为什么要这么做,想去拉他,但已经来不及了。

那水蛭已经爬上了男人的脚,像是烈火经过薄冰一样,男人的腿正在渐渐融化。

他尖叫了一声,便再也发不出声音了,只能感觉到无数的触角顺着自己的皮肤纹理渗到了体内,好像有什么从那里开始生长,重组。

"救我……救我……"他张嘴,语无伦次,"救我……杀我……"

雷米亚想伸手，那水蛭大概是注意到了她，竟从另一面又长出一只手来，直直地朝她过来。

雷米亚没有动，而那男人竟然奋力地伸出手，想抓住它。

他不会不知道这怪物的腐蚀性有多强，他这么做不过是以卵击石，死得更快而已。

"快……走……"

雷米亚愣了愣，不明白他为什么要救她。

"砰"的一声，随着枪响，雷欧彦赶来了。

如果再晚一秒，那水蛭便会缠上雷米亚的脖子。可从始至终，雷米亚脸上都没有出现过一丝慌张和惊恐。要经历过多少次这样的时刻才能对生死习以为常。

秦渺渺心里微微一颤，不免同情起雷米亚来。

但很快，那水蛭便又开始行动。它似乎并不怕枪，只是瑟缩了一下，又再次舒展开来。

秦渺渺惊呆了，这个世界上的怪物都好可怕。

雷米亚大喊道："阿彦，先救人。"

雷欧彦马上说："兔子，转过去。"

秦渺渺还在雷欧彦的口袋里，不明白他这么说的意思，随即眼前一黑，只听见一声剧烈的惨叫声。

秦渺渺慌忙扯下头上的布，只见男人的腿被生生砍断了，雷欧

彦手里的刀还滴着血。

秦渺渺僵硬地抬起头，看着雷欧彦，他脸上沾着血，却没什么表情，好像刚刚砍断的东西只是一根树枝，而不是一个人的腿。

如此干脆，果决，不带一丝犹豫。

那他杀人的时候是不是也这样？

秦渺渺害怕了，有些笨拙地从雷欧彦的口袋里爬出来，不小心摔在地上，几乎是落荒而逃，钻进了雷米亚的怀里，甚至都不敢再看雷欧彦一眼。

而雷欧彦似乎并没有察觉一样，又或者是根本不在意一只兔子现在在干吗。他回身，单手提起地上的男人，将他拖进避难舱。

舱里空间不大，要装三个成年人还是有点挤的。秦渺渺下意识地往后缩了缩，想腾出一点空间，可他忘了雷欧彦根本不需要进来。

只有两个人和一只兔子而已，那么他刚刚的动作便显得好像是兔子在害怕人类一样。

雷欧彦的眼神这个时候才有了一丁点变化，却又转瞬即逝，让人很难捕捉到那一瞬间的失落。

他觉得自己可能是孤独过头了，这个时代连人都做不到的事，为什么会想要一只兔子能在他身边。

"阿彦……"雷米亚有些担心。

"你们先走。"雷欧彦声音很轻，跟平时别无二致。舱门缓缓关上，开始移动。

秦渺渺这才从雷米亚的怀里钻出来，趴到玻璃上，看着少年的身影，却忽然想起第一次见他的时候，他也是这样，傲立一方，群山俯首。但这样的人，偏偏有一双这世上最孤独的眼睛。

秦渺渺忽然后悔了，自己不该逃跑的。

与此同时，雷欧彦身后的怪物似乎是已经蓄力完毕，忽然一跃而上，宛如离弦之箭一样朝雷欧彦后背袭来。

秦渺渺惊慌失措，心提到了嗓子眼。

可雷欧彦却不慌不忙，他微微侧身，不多一毫米也不少一毫米，恰好躲开，那东西像一摊烂泥粘在了墙上。

下一刻，雷欧彦一跃而起，天煞也随之转变形态，变成了刀。他波澜不惊，眼底不起一丝涟漪，却快准狠地将刀插进了怪物身体里。

眼前蓦地一黑，是避难胶囊进入了隧道。秦渺渺便什么也看不见了，他耷拉着耳朵坐下来，成了一只心事重重的兔子。

雷米亚简单地替男人处理了一下伤口，轻声道："放心吧，阿彦不会有事的……"

秦渺渺知道，他早就见识过雷欧彦的厉害。

可还是觉得他应该和雷欧彦一起的，哪怕雷欧彦并不需要。

避难胶囊很快把他们带到了安全区域。舱门缓缓打开，医护人员匆匆忙忙将受伤的男人抬出去，雷米亚也被人围住了。她回头，胶囊里空空如也，谁都没有注意到那只兔子是怎么溜出去的。

旁边有人问道："雷教授，队长带回来的那只兔子……"

"暂时先不要动它，我来安排。"

"是。"

而此时的秦渺渺一个人坐在眺望塔，他百无聊赖，望着3区的方向，等着雷欧彦回来。

4.

"所以你的意思是怪物侵入了基地，并且还直接到达3区？"李维森难以置信地看着克里斯，"这个时候你还有心情在这里喝酒？"

克里斯的办公室就是一个小型的酒窖，谁都不知道她究竟在这里放了多少好酒，她只说到世界末日那天真的到来的时候应该还会剩一点点。

好像她会知道末日究竟是哪一天一样。

她刚结束作战指挥，现在科研组正在那边清理战场收集情报，雷欧彦应该也在回来的路上了。

她从冰箱拿出一罐冰啤酒，打开灌了个痛快才说道："怕什么，不是都解决了吗？"

李维森气得脸色发白："你就不想想怪物为什么会来3区？"

"这不是正在想吗？"克里斯拍拍李维森的肩膀，以前能轻松拍到他的头，现在却只能拍到肩膀，"酒精能让人保持清醒。别被表象迷惑，我可是一刻没停地在工作。"

"少废话！"

克里斯白了他一眼，把酒递到他面前："真的不试试？"

李维森挥开，一想到雷欧彦抢他的车去立功，气就不打一处来。他愤怒地拦住克里斯："为什么不告诉我，而让雷欧彦去？3区可是我的管辖范围！"

克里斯笑道："我能吩咐得了他？这事儿还是雷欧彦先知道的，他自己去的。"

"他先知道？"基地到处布满了怪物反应器，反应器没动静，反倒是雷欧彦更先知道。李维森压根儿不信，除非这事就是雷欧彦搞的鬼。

克里斯闭上眼睛都知道他在想什么："跟他无关。"

"你凭什么这么笃定？"李维森永远都无法理解他们为什么一再地信任那个杀人犯，尤其是克里斯。

他咬牙，低声道："你当时也在场不是吗？你是亲眼看到他杀

了队长的。为什么每次都这么相信他?"

"好了,李维森,"克里斯缓缓睁开眼,天花板上明晃晃的一盏灯,照得人眼睛疼,她伸手挥了挥,好像能把灯光挥走似的,"你要记住,你们是队友,不是敌人。你要相信他,我们才会有万分之一取胜的可能。"

已经是深夜了,月光透过窗棂照进来,冰冰凉凉的。

李维森冷笑一声:"克里斯,今天是队长忌日,我以为你会难过的。"

克里斯笑了一声,却没说话,兀自抿了口酒。

李维森看了她一眼,眼底写满了不屑,而后又掷地有声,仿佛宣誓一般:"我和雷欧彦永远是敌人,我们也一定会取胜。"

克里斯没再说什么,任由月光将她镀上一层虚影。

她觉得自己原本是一片羽毛,风一吹就能飘起来,想飞多久都可以。直到一场大雨,将她打湿,她落在泥潭里,便再也无法飞起来了。

秦渺渺也不知道自己在眺望塔等了多久,夜里的风凉飕飕的。他抖了抖耳朵,忽然听到什么动静。

是雷欧彦回来了!

他到这个时候还没有察觉到自己异于常兔的敏锐度,整个兔头都被兴奋和喜悦充斥了，打算去告诉雷欧彦他思考了一晚上想出来的好消息。

秦渺渺一溜烟地冲进电梯里，乘电梯直达负一楼，又穿过一道长长的过道，秦渺渺刚好看见雷欧彦从车上下来。

雷欧彦看起来毫发无伤，只是脸上沾着一点血迹，身上的气息更清冽了些。他往这边瞥了一眼。

秦渺渺兴冲冲的，以为像之前几次一样可以准确无误地跳到雷欧彦怀里。可是雷欧彦微微侧身，竟然躲开了！

秦渺渺刹不住车，直接大字形掉下站台。

这是干什么？

秦渺渺摔了个脸朝地，浑身上下都痛，他泪眼汪汪地爬起来。而雷欧彦竟然已经走了，话都没留一句。

秦渺渺在原地愣了很久：雷欧彦竟然忽视自己？

该不会是生气了吧？可雷欧彦有什么生气的？雷欧彦天下无敌，为什么要跟一只兔子生气？难道是因为自己没有陪他？

秦渺渺自作多情地想了一会儿，决定还是跟上去。

雷欧彦在19层，作战执行组的区域。

他刚上来就被克里斯拦住了。她一看就是刚喝过酒，眼周红红的，叉着腰拦在门口，问道："哟，怎么自己回来了？不是还有只

兔子吗，献祭了？"

雷欧彦不想跟酒鬼说话，直接绕开。

克里斯嬉笑着跟上来："听说这次是你那只兔子先感知到怪物的，不如借来我玩玩？"

雷欧彦停下来，语气比脸更冷："谁说是我的兔子了？"

"不是你带回来的吗？"

"路上捡的而已，跟我无关。"雷欧彦说完，直接转身，进了休息室。

克里斯停下来，差点撞上门。

"臭小子，脾气这么大？"

她忍不住踹了门一脚，回头看见一个鬼鬼祟祟的身影，正是那只兔子。她不太明白雷欧彦这小子，之前还藏得紧紧实实的，生怕她吃了似的，现在怎么就扔在一边了？

克里斯撩了撩头发，大步走过去。

秦渺渺显然也看见她了，全身警报立刻拉响，不知道为什么，这女人一看就对他有点非分之想。他左右看了看，好像也没地方可以跑。

"放心，我暂时不会抓你。"克里斯在他面前蹲下来。

为了安全起见，秦渺渺缩到了墙角，跟她保持了一定的距离，十分警惕地看着她。

克里斯立马不乐意了："我好歹也是一大美女，难道会比那雷欧彦还可怕吗？怎么不见你怵他呢？"

她说着，偏不服输，上前想去抓兔子。

好歹是只兔子，而且秦渺渺又不傻，矫捷躲开。克里斯扑了个空，跪坐在地上。经过好几个来回，克里斯已经快喘不上气了。

好小子，养的兔子也这么烦。

克里斯妥协了，决定改变作战策略，她换上和善的笑容，问道："想不想去找雷欧彦？"

秦渺渺一下子就来劲了，眼睛红亮红亮的。

竟然听得懂人话？克里斯在心里微微讶异。她站起来，整理了一下头发衣服："想也可以，先说我美吗？"

秦渺渺莫名其妙，不理解女生，但乖乖点头。

"那过来让我摸一下。"

见秦渺渺犹豫了，克里斯二话不说，上来趁机一把抓住他，然后抱在怀里使劲蹭了蹭，好软好舒服。她忍不住感叹："能听懂人话还这么可爱。可惜被雷欧彦这臭小子捷足先登了，要不我就带你回家了。"

秦渺渺原本还有种被强抢民兔的感觉，但一被夸就有点经不住了，尾巴翘上了天。没想到自己竟然这么受欢迎。

克里斯揉爽了，放下他："行，带你去找你的主人。"

他才不是我主人呢!

雷欧彦的休息室就在前面,门口挂着一盏灯,彩色的绳绕在一起,把灯吊下来。灯影晃来晃去,跟这个充满科技气息的区域格格不入,也一点都不像雷欧彦的东西,大概是谁随手挂在这里的吧。

秦渺渺跟在克里斯后面,看她打开瞳孔锁。门才打开一条小缝,秦渺渺便迫不及待地溜了进去。

克里斯无语:只知道狗认主,没想到兔子也这么认主。她刚想跟进去,电话响了,"戴蒙"两个大字赫然出现在屏幕上。

克里斯只觉得眼前一黑,她真的有对这两个字过敏,偏偏还逃不开。她恶狠狠地拨弄了一下雷欧彦门口的灯,好像那是雷欧彦本人似的,低声咒骂:"托你的福,本小姐又要去给你收拾烂摊子。"

房间很黑,没开灯,月光照进来,只能看到窗边两米的距离。

雷欧彦脱了外套,只穿着一件衬衣,浅蓝色的暗纹,身上还挂着装枪和武器的束带。他坐在沙发上,正在自己给自己处理伤口,动作娴熟利索,不比医护人员差。

秦渺渺看得心里紧了一下,好像这伤跟自己有关似的。

雷欧彦抬眼,看见他,却没说话,也没搭理他,好像他跟旁边的桌子没两样,只是一个无足轻重的物品。

秦渺渺心里油然而生的一点愧疚瞬间不见了：我都主动来道歉了，他怎么还不把我放在眼里？

秦渺渺不走了，气呼呼地靠着桌子坐下来，可等了好久也没听到雷欧彦喊他，该不会真的不打算理他了吧？

秦渺渺的自尊心持续了三分钟，他悄悄回头看了眼，雷欧彦躺在沙发上一动不动，该不会重伤死了吧？

秦渺渺瞬间紧张起来，哪里还顾得上其他，三两下跑了过去，直接跳到了雷欧彦的胸口，左嗅嗅右闻闻，好像没有很重的血腥味，应该只是睡着了。

他松了口气，完全忘了自己要生气这回事，开始仔细打量起雷欧彦来。

秦渺渺见过雷欧彦的身份证明，比自己大两岁。秦渺渺所认识的这个年纪的少年都是骄傲又跋扈的，但雷欧彦不一样，他大多数时候都是清冷孤独的，周游于这个世界之外，像路过的观众，对电影漠不关心。

只有很少的时候，秦渺渺才能感觉到雷欧彦身上真正属于少年的气息。比方说这个时候，他闭着眼睛，周遭的空气似乎也温顺了下来。

秦渺渺往前靠了些，骄傲地抬着下巴：其实你今天是生气了吧，气我当时抛下你一个人走了，对不对？

其实我有点明白你当时的感觉，就算表面上不需要，可谁也不喜欢被抛弃的感觉。就像我小时候也有过这样一段时间，因为自己偏瘦又很矮，性格软糯，经常被人笑是女生，没什么人愿意跟我玩。

可那个时候我真的很想有个朋友，告诉我没关系，很瘦很矮胆子小都不是我的错，都没关系的。

可始终没有人来。后来，我养了只金毛，叫"司令"，司令现在还陪着我。

所以我决定了，以后陪着你！哪怕很危险，怪物很讨厌，我也陪着你。有我在，你就不会再是孤单一个人了！

这是秦渺渺在眺望塔上坐了一晚上所做的决定。他像是完成了一个伟大的使命，又或者是终于找到了自己存在的意义。他满怀希望地看着雷欧彦，好像雷欧彦会回应他似的。

可是并不会。

余光里有东西一晃，秦渺渺分了神，斜眼看过去，旁边茶几上搁着一本书，好像是雷欧彦刚刚看过的。

看不出来他还会喜欢看书。秦渺渺转过头去仔细看了一眼，却被封面上印着的几个烫金大字晃花了眼——《兔子的一百种烹饪方法》。

秦渺渺心里警铃大作，这是雷欧彦看的书？他干吗看这个？

周身一阵冷风，秦渺渺回头——雷欧彦不知道什么时候醒的，又或者根本没睡，他半睁着眼，好整以暇地看着自己。

秦渺渺才意识到自己此刻正嚣张地站在人家胸口，想跑，可腿软，直接坐下来了，显得有多热情似的。

秦渺渺尴尬地打了个招呼，想卖萌装可爱，可雷欧彦好像完全不买账。

雷欧彦开口，声音还带着些刚睡醒的懒劲："看明白了？"

秦渺渺咽了咽口水。

雷欧彦继续道："既然看得懂，不如自己选个吃法？"

秦渺渺悔不当初，原本以为夜晚的风能让兔清醒，原来是把兔吹得智商结冰，敢情他这么半天就是自作多情啊！

没想到我想和你当朋友，而你却只想吃我！

:: Chapter.3 ::
悲惨的兔子

1.

有人进来,却候在门口,不说话也不动,好像是来接雷欧彦的。

雷欧彦坐起身,顺手拎起兔耳朵将其放到桌子上。兔子看起来受了不少的伤害,一动不动,任人摆布。

雷欧彦觉得好笑,也没理他,穿好衣服才回头警告他:"不要乱跑。"

哼,好嚣张好可恶的人类!

秦渺渺觉得自己好像遇到了负心人,内心受了伤,肉体还即将受到伤害,于是发誓不会再跟雷欧彦说一句话,别扭地转过头去。

雷欧彦拍了拍兔头,说道:"出去可能会死得更快,听明白了吗?"

死外面总比死在锅里好吧？你就是想吃我，还在这里装什么好心人呢？早看穿你这副皮囊下的怪物灵魂了。

得亏秦渺渺现在不能开口，不然必定能嘀咕三个小时以上来细数雷欧彦的罪孽，简直就是罄竹难书！

而作为一只兔子，他现在只能发出不满的喷气声。

雷欧彦收拾了一下，跟着那几个人出去了，没说什么时候回来，只是给他留了一筐胡萝卜。那是雷米亚给他准备的。

可谁要吃胡萝卜啊？秦渺渺当人的时候什么都好，唯独一点不好的就是比较挑食，特别不爱吃胡萝卜。他气呼呼地走过去，故意把篮子掀了，但是这时肚子竟然叫了起来，他动了动鼻子，好像还挺香的。

秦渺渺朝四周看了看，反正也没人看见，他随手捡起一根胡萝卜咬了一口，立马呆住了，这真的是胡萝卜吗？也太好吃了吧！

秦渺渺虽然是人，可完全无法抗拒作为一只兔子的本能，索性大快朵颐，吃到肚子撑圆了才停下。

他瘫坐在地上，朝四周看了看，觉得哪里都看不顺眼，跟雷欧彦一样面目可憎，于是完美地诠释了什么叫吃饱了没事干——秦渺渺上蹿下跳，把能破坏的全部破坏了，原本整齐排列在书架上的书现在到处都是，尤其是那本《兔子的一百种烹饪方法》，秦渺渺恨不得当场啃掉它。

搞完破坏，他就已经累得够呛，啃书太费力气了。

他在窗边坐下来。19楼不算高，却感觉离天空很近，月亮低悬，好像伸手就可以碰到似的。风一吹，月光摇摇晃晃地掉下来。

秦渺渺伸手接住，突然觉得无比孤独又委屈，他好想哭，想回家，想吃妈妈做的饭，好想温暖柔软的大床，好想司令，好想朋友……

朋友？

对了！班长！

秦渺渺才记起来那个时候一闪而过的班长的脸，虽然只是匆匆一瞥，但他肯定自己绝对没认错，所以他可以去找班长啊！班长一定会帮助他保护他，他俩还可以相认，一起找回家的办法！

想到这里，秦渺渺擦了一把并没有流出来的眼泪，激动得耳朵都竖了起来。但很快，他便发现这里除了一扇窗户和一扇他根本无法打开的门，连个通风口都没有。所以他要怎么逃走呢？

他试着从十九楼的窗台上往下看了看，单单一眼就有种开始下坠的感觉了。

秦渺渺往后退了点，稳定心神。可回头看，满室狼藉，凌乱不堪……

谁能想到最不给自己留活路的是他自己呢，把人家房间搞成这样，雷欧彦就算是中了彩票头奖回来，看到这乱七八糟的屋子也会直接来一招手撕辣兔吧。

所以，士可杀不可辱！宁愿摔死也不做雷欧彦的腹中餐！

秦渺渺下定决心，咬牙跳上窗台，一阵凉风刚好刮过来，他差点踩滑。秦渺渺抓着窗棂惊魂未定，别出师未捷身先死，他这还没出门呢。

他深吸了好几口气调整心绪，这个时候的高楼和以前的没什么区别，墙上有一些装饰用的埂子可以落脚，但窄得很，右手边几十米的地方有一个小平台，好像露天咖啡厅一样，放着几张桌子，只是没人。

也是，都半夜了，鸡都快打鸣了。

秦渺渺的目的地就是那里，但不太好过去。他试了一下，小心翼翼地迈开腿，又缩回来，又迈开来。就这么来回了好几次后，他趴着不动了。

难道就要这么接受被雷欧彦吃掉的命运吗？秦渺渺脑海里已经开始预演自己被雷欧彦吃掉的场景——雷欧彦的脸笼罩在阴影之下，只有一双眼睛发着诡异的光，手起刀落。

天啊！不行！秦渺渺甩了甩头，好像雷欧彦现在就在后头举着刀似的。他迈开小肥腿，也顾不上别的了，心里念念有词：红烧，清蒸，爆炒，油炸……

每想一种就逼自己往外走一步，就这么想了三十七种，竟然真的快到旁边的观景台上了。

看来做兔子也是一样，有时候不逼自己一把也不知道自己的极限在哪里。

秦渺渺长吁一口气，只剩最后一步了，他估摸了一下距离，最后一步直接跳了上去——成功着陆了。

但"咔嚓"一声，之前还没痊愈的腿又发出抗议的声音，疼痛感从脚踝慢慢爬上神经，直击脑门。

痛死了！他抱着腿在地上打了几个滚，又回头看了一眼。

雷欧彦房间里的窗帘被风掀了出来，在夜里翩然起舞，好像在挥手。

老实讲，秦渺渺还挺得意的，他看着自己走过的路，那么窄，那么高，那么远，但他竟然走过来了！

秦渺渺的心情比获得奥运会金牌还要激动。他站起来整理了一下仪容仪表，跟上台领奖似的，带着自豪跟感动，也朝窗帘挥手：拜拜了！

然后，他甩甩耳朵，大步走开，甚至哼起了轻快的小曲：跟所有的烦恼说拜拜，跟姓雷的怪物说拜拜！

2.

秦渺渺找了个角落睡了一晚，醒来已经是第二天中午了。

他溜出来四周看了看，19楼人很多，每个人都各司其职，应该不会有人注意到他这只兔子吧。

他靠着墙角，像是一团雪球似的，迅速滚来滚去，滚了好几个地方都没找到班长。

这就奇怪了，为什么他昨晚能那么准确地感应到雷欧彦和怪物，却对班长一点反应都没有？

难道是因为雷欧彦也是怪物？秦渺渺对这个想法深信不疑，完全没想到19楼作为作战部署区，戒备森严，而他这只自以为是的兔子早就落在了别人的眼里。

那些人就包括他苦苦找寻的班长——李维森。

监控室里没开灯，整面墙上布满了屏幕，19楼所有的角落一览无遗，包括那只兔子。

李维森的脸在显示屏的光照下半明半暗，他依旧叼着一支长烟，好像永远都抽不完似的，环着手："就是这只兔子？"

"是的，少队长，"坐在旁边的工作人员是一个年轻的女孩，短头发，清秀利落，是雷米亚的助手之一，她仿佛在强调什么，"但是开发组和科研组也联合发了通告，这只兔子监测结果均为正常，是一只百年难得一遇的货真价实的兔子。它现在受到基地法规的保护，一般人不可以动它。"

李维森瞥了她一眼："什么意思，小爷我稀罕动它？"

女生尴尬地笑了笑，腹诽道：那可说不准。

李维森"喊"了一声："一只兔子能有什么用，难道能帮助人类对付怪物吗？"

他无暇去想开发组为什么要这么做。对于他来说，唯一的目的便是击退怪物，守护好人类的最后一片领域，其他事情都是多余。

女生想说什么，却对李维森有些忌惮，没再开口。

李维森又问："雷欧彦现在在哪里？"

"戴蒙长官回来了，一队长应该在他那里。"

而屏幕上，兔子去的地方正是基地的会议室。但那里和别的地方不一样，那是通往 NAT 基地核心以及戴蒙和高层们的办公室的唯一通道。除了特定的几个人，连一只苍蝇都飞不进去，何况是一只兔子，一旦被系统检测到必定是死路一条。

女生有些慌张："少队长……"

"怕什么，死了不是正好……"李维森说完又觉得不太对，既然是雷欧彦的兔子，那留着也未必是坏事。他对付不了雷欧彦，难道会拿一只兔子没有办法？

"等等……"他眯起眼睛，好像想到了什么新的鬼点子，霎时豁然开朗，就差把"阴谋"两个字写到了脸上。

"少队长……"

"敢说出去试试。"

女生送走李维森，立刻给克里斯打电话，那边大概正在进行会议，但是克里斯也交代了紧急情况可以联络她，于是女生连打了好几通。

接通了，女生急急开口："长官，那只兔子朝会议室的方向去了，少队长也正赶过去。"

那边沉默良久，就在女生以为是信号不好的时候，却听到一个冷冽低沉的男声："嗯，知道了。"说完就挂断了电话。

她有些迷茫地看着电话："是……一队长？"

通信器响了好几次，而克里斯正在给戴蒙汇报工作，无暇顾及。

雷欧彦也来了，作为最近几次事件的主要关系者，他自然脱不了干系。

偌大的会议室里，圆桌的几个主位坐满了高层。戴蒙坐在首位，双手撑在光洁的桌面上，他有张俊美的脸，宛如造物者精心雕刻而成。但气质疏离，不怒自威，就像是海面上的冰山，纤尘不染，却凛冽又危险，人们见到他自会让道，唯独雷欧彦喜欢跟他硬碰硬。

雷欧彦并没有坐在位置上，而是兀自站在门口，双手抱胸靠着墙，没有在听，微微不耐烦地皱着眉头，活像被老师叫到走廊罚站的人，只想快点下课。

克里斯汇报完兔子的事情。戴蒙对此并没有微词，而是缓慢开

口:"怪物入侵3区是怎么回事?"

空气好像被拉成了一条紧绷的线,没有人回答。

克里斯硬着头皮道:"这件事……"

"我在问雷欧彦。"戴蒙不缓不急,目光却像是剑,指着人的要害。

雷欧彦抬头,远远看过来,似乎是出于礼貌,开口说了四个字:"无可奉告。"

"兔子现在在哪里?"

克里斯以为戴蒙不提这件事了,原来戴蒙是觉得兔子跟怪物有关联。

"问它做什么?"雷欧彦觉得好笑,"不会真觉得兔子有什么感知能力能察觉到怪物吧?"

动物能感知到危险并不奇怪,它们比人类要机敏多了。

毕竟地球最开始变化的时候就是这样,那时候鸟雀散,走兽急,动物全部一反常态,唯独人类无法意识到那是开端。

不过知道了也没用,他们无力改变。

雷欧彦说:"不过是一只兔子而已。"

"那样最好,"戴蒙沉默了两秒,开口道,"既然如此,兔子暂时交给科研组。"

"不行。"

"你的意见不重要。"

"我捡回来的凭什么要给你?"

"雷欧彦!"克里斯喝住他,她觉得雷欧彦始终还是有小孩子顽劣的一面,喜欢跟戴蒙唱反调,事实上没有一次有好下场的,她不想发生那样的事。

雷欧彦却并不领情,继续道:"还是长官这次出去一趟一无所获,不仅找不到所谓的拯救世界的方法,甚至发现现在的防御系统连怪物都拦不住了,想把希望寄托在一只兔子身上?"

"雷欧彦,你给我出去!"克里斯拍桌而起,拿起手边的东西砸过来。雷欧彦偏了偏头,躲开了。东西掉在地上,是克里斯的通信器。

响了那么多次,实在是不知道有什么事情,克里斯只好用这种办法交给雷欧彦了,尽管知道在戴蒙看来不过是小孩把戏,但戴蒙这种时候应该也不会戳破吧。

克里斯头皮发麻,用余光瞟了一眼戴蒙。戴蒙看了眼手表,没再说什么。

克里斯深呼一口气:"长官,还是我来汇报吧。"

雷欧彦出了门,接通通信器,声音从听筒传来。与此同时,他一眼就看见了离他直线距离二十米远的秦渺渺。

这个区域是复式结构，上层是会议室以及办公区，还有通往基地核心的唯一通道，属于禁地，也就是储存"泉眼"的地方，自然是机关重重。

而下面则是缓冲区。兔子站在楼下，如果再往前一步就会触发区域机关，被绞杀。但兔子停住了。

秦渺渺压根儿不知道什么机关禁地。他只是看到了雷欧彦，所以停下了准备往前的脚步：这都能撞上？还真是冤家路窄！

秦渺渺哪里还顾得上往前，掉头撒腿就跑。

雷欧彦看着那只落荒而逃的兔子，难得回应："嗯，知道了。

"谢谢。"

他其实并没有想过要吃掉那只兔子。他一直觉得这个世界一片荒芜，有只兔子才开始变得鲜活起来。

3.

"原来你就是那只兔子。"

秦渺渺跑得气喘吁吁，正停下来休息，便听到一声似曾相识的声音。回头，光影宛如被拉开的序幕，男人从暗处走过来，渐渐露出整张脸来——是班长！

真是踏破铁鞋无觅处，得来全不费工夫！

秦渺渺激动得泪眼汪汪，虽然平时对班长没多少眷念，有时候还会觉得有点烦，可现在在异国他乡，班长就是自己唯一的亲人了，于是这两天的悲伤恐惧心酸委屈一股脑地全涌上来了，一直没哭出来的眼泪现在也挂了起来。

班长，我好想你……

秦渺渺差点忘了自己是只兔子，铆着劲冲上去，谁知道事情急转直下，还没来得及扑进班长怀里体会他乡遇故知的喜悦，竟然被班长一脚踹开了。

秦渺渺滚了出去，最后撞上什么东西才停下来。

他疑惑了小一会儿，记起来自己是只兔子，班长不认识他，所以踢开他也情有可原。

但也不能这么对一只兔子吧？他记得班长以前看到路边的猫猫狗狗都会上前去逗一逗的，怎么到兔子这里就差别对待了。

他这么想着，又觉得气氛不太对，回头一看，雷欧彦！怎么这大怪物又跟过来了？

他一个激灵，想跑，却被拎住了耳朵。雷欧彦的语气不咸不淡："是谁你都往上扑吗？"

秦渺渺懒得理雷欧彦，眼巴巴地望着李维森，那是他唯一的希望了：班长，救我！我是秦渺渺啊，喵喵！

李维森自然看不懂这只野兔子在说什么，只是看着雷欧彦。雷

欧彦才是李维森真正感兴趣的人。

李维森满脸挑衅："擅自带一只野兔子回来，还让它乱跑，扰乱整个基地的秩序。你还有没有把基地法规放在眼里？"

雷欧彦不以为意："我什么时候放在眼里过吗？"

"你……"李维森总是能被雷欧彦一句话就挑起怒火，索性不讲道理了，"所以这只兔子一定是你里应外合的证据，你把它带回来就是想从内部弄垮人类基地吧？"

"要想毁掉这里我一个人就可以做到，用不着一只兔子来帮忙。"

"果然，你果然是想毁掉这里！"

"……"

"怎么不说话，承认了是吧？"

秦渺渺越发笃定这个人就是班长了，毕竟很少能遇见这么直脑筋的笨蛋。他正在更加奋力挣扎，却发现雷欧彦正盯着他："你很怕我？"

秦渺渺无语，这不废话，你都要吃我了，我不怕你还爱你啊？

雷欧彦的眼神瞬间变冷了，竟然真的松了手。

秦渺渺毫无防备，落在地上，还有点蒙——雷欧彦难道不应该把他抓回去大卸八块做满汉全席吗？为什么松手给他自由了？

秦渺渺回头看了眼面无表情的雷欧彦，他像是冰块一样，寒气逼人。

秦渺渺停顿了几秒钟，想着雷欧彦应该是不小心松了手吧。见雷欧彦依旧没什么动静，他便窜到了李维森的脚边。他好几次回头小心翼翼地看着雷欧彦，唯恐对方忽然又来抓自己似的。

李维森本来就没耐心，还非常讨厌动物，原本想再次踢开，但看到雷欧彦的表情却又停下来。雷欧彦一向对所有事情都是漫不经心无所谓的态度，今天难得这么明显地不高兴。

于是，李维森故意道："你这兔子好像还挺喜欢我的？"

雷欧彦抿了抿唇，不作声。

"哈哈！"李维森便越发笃定，笑了两声，弯腰抓起兔子的耳朵，"既然你的兔子非要赖着我，那我就收下了。"

"随你。"雷欧彦扔下两个字，头也不回地离开了。

秦渺渺望着他的背影，不知道怎么了，心情有点低落。

人家都想吃自己呢，还想关心别人，当什么白莲花兔子？

可雷欧彦是真的走了。

秦渺渺收回视线，又被眼前的大脸吓了一跳。

李维森凑得极近，都快瞪成对眼了，盯着兔子打量了一圈："雷欧彦到底用了什么办法让你躲过了三层检测？"

秦渺渺又无语了：因为我本来就不是什么怪物啊，而且你是瞎吗？那些怪物一个个长得又丑又恶心，我这么毛发柔亮的小白兔，

到底哪里像怪物了？

"不过到我手里你就休想再蒙混过关了。"李维森勾起半边嘴角，笑得格外邪气。

可秦渺渺对着这张朝夕相处了两年的脸，完全察觉不到任何危险的气息，一门心思只想让班长知道自己的真实身份，也坚信他就是班长。

李维森不知道从哪里拿出一粒药丸，递到秦渺渺嘴边。

秦渺渺不明所以，犹豫了一下，张嘴，竟然是甜的！

还是班长人好，即使不认得他，还给他糖吃！秦渺渺乐呵呵的，却渐渐觉得头昏脑涨，来不及多想，便晕了过去。

4.

秦渺渺醒过来的时候发现自己被关在一个铁笼子里，铁笼子外面是一个更大的铁笼子。四周墙壁黑漆漆的，上面不知道是什么留下的痕迹，年代有些久了，无法分辨。背后是一扇看起来十分厚重的铁门，像是古代的城门。秦渺渺只觉得有种说不出的阴森感。

再看李维森，他坐在前面，翘着凳子，双腿交叠搭在桌子上，嘴里的烟仿佛是半永久的，正悠然自得地看着自己，仿佛在等一场好戏。

班长？这是干吗？

"哟，这么快就醒了，身体的净化能力果然不错，"李维森吐了一口烟圈，然后斜睨了眼桌上的报告，上面确实有写这只兔子比人类要高出许多的净化能力的说明，"所以才能隐藏掉自己身体里的怪物气息，连雷欧彦都能骗过去，是吗？"

他站起来，整理了一下衣服和头发，像是即将上台发言的校长，他走到秦渺渺旁边："小爷带你回家。"

回家？秦渺渺一听这两个字，耳朵立刻竖了起来，班长这是认出自己了吗？难道这就可以回家了！

不对，秦渺渺觉得不太对劲。

李维森拎起笼子，往那扇铁门走去。

秦渺渺在里面晃了两下，他不知道门后面是什么，只觉得越接近那里，寒气越发逼人，就像走到了鬼门关一样。

他抬头看李维森，只能看到李维森的下颌线以及嘴角意味不明的笑，让人心里发怵。

秦渺渺在心里怯生生地喊了声"班长"，可是班长听不见。

铁门缓缓打开，比起外面的破旧和阴暗，里面灯火通明。秦渺渺被刺花了眼，晕了一下才看清。这里似乎是一个实验室，放满了仪器，还有很多穿防护服的人，每个人都各自忙碌，秦渺渺不知道他们在做什么。

他们面前是一面巨大的透明屏，上面是秦渺渺看不懂的图形和数据，而屏幕后面是一面弧形的玻璃。走近了才看到外面是一个巨大的工厂，大概是由以前废弃的商场改造的，圆环形的建筑，由上及下不知道有多少层，每一层都有很多空间，里面灯火通明，四通八达，偶尔有全副武装的工作人员走动，却看不到有其他什么，只能听到此起彼伏的，像是怪物的号叫声。

秦渺渺愣了愣，难道这里就是怪物监狱？里面关着数不清的怪物，是用来做研究的试验品？

他看向李维森，忽然明白了李维森说的"回家"是什么意思。李维森觉得兔子是怪物，所以要把兔子关在这里。

秦渺渺如坠冰窖，这才后知后觉：他根本不是班长，只是一个有着和班长一样的脸，却活在末日里的少年而已。

可是现在明白已经晚了！

秦渺渺想跑，手刚碰上笼子便被一道电流给电了回来。

李维森斜着眼："都这个时候才想起来跑？有点晚了。"

秦渺渺冲李维森龇牙咧嘴，可是很显然，毫无作用。

"本事没多大，脾气倒不小。"李维森嘀咕了一句。

这时，迎面走来一个年纪稍长的男人，眼角有些皱纹，但气质上佳，温和儒雅。白大褂里面是一件有些旧了的蓝色工装，却穿得格外规整。

饶是李维森这样不可一世的二世祖在他面前也摆出了三分敬意,主动打招呼:"周叔。"

周叔看了眼兔子:"怎么送到这里来了?"

李维森平时是狂了些,但正经的时候也难得人模狗样,他表情认真地答道:"虽然雷米亚的监测结果均为正常,但我们技术始终有限,而怪物又是未知的,但凡它出一点问题,那整个基地都会处于危险之中,我不想冒这个险。"

对于李维森来说,兔子充其量不过是一只兔子,这个世界不会因为一只兔子而变得更糟糕,更不会因为一只兔子变得更好。

他不会让任何东西威胁到人类的安全。

周叔笑了笑:"还是先跟雷家的姐弟商量一下为好,毕竟这是他们带回来的。"

"不必,"李维森说道,"雷欧彦既然把兔子交给我,就自然知道我要做什么。这是他默认的,因为除此之外,他根本无法洗清自己嫌疑。"

"是吗……"

秦渺渺没有看到周叔的欲言又止,忽然呆呆地坐下来,耷拉着两只耳朵,不挣扎了,也不逃跑了。

其他的他听不明白,但明白雷欧彦不要他了。

不知道是不是动物的印随效应,他来到这里见到的第一个人就

是雷欧彦，所以尽管雷欧彦总是想吃掉自己，可秦渺渺还是无法否定自己心里对于雷欧彦的亲近。他以为雷欧彦也会喜欢他的，就像他喜欢小时候捡到的一只被雨淋湿的小狗一样。

可是他现在明白了，对于雷欧彦来说，他只是外来物种，一只不确定会不会忽然变异的兔子，就像是一颗随时都有可能爆炸的定时炸弹。雷欧彦没有立刻杀掉他就已经是仁至义尽了，没道理要喜欢他。

不知道为什么，明白了这个事实之后，他难免觉得失落，也终于尝到了一点绝望的滋味。

不会再有人来救自己了。

饶是他现在宁愿做别人的盘中餐，爬上别人的餐盘也不可能了。

5.

笼子被蒙上了一层黑布，几经辗转，秦渺渺也不知道自己到了哪里。

"咔嚓"一声，好像是锁开了，秦渺渺迷迷糊糊之间一个激灵，不知道发生了什么。他小心翼翼地伸出手，没有电了，于是继续推开笼子。谁知道还没来得及探出头，笼子却跟弹簧一样猛地一弹，秦渺渺直接飞出来了。

"啪"的一声,他四脚朝地,掉在一个传送轨道上,轨道速度不慢,急急地往前,像是旋转寿司。

秦渺渺摔得晕头转向,刚坐起来,背后一架铡刀落下来,紧贴着他后背,毛都被削去了一部分!

他不敢想象自己刚刚要是没坐起来,现在岂不是已经身首异处了?

更何况现在的情况压根儿不给他细想的时间,眼看着另一架铡刀又要掉下来,他一个翻滚,再次惊险躲过。但很快又是另一道坎,他跨过去,随即是跳火圈,躲深坑,危机四伏,出其不意。

如果不是亲身经历,饶是秦渺渺自己也不会相信,就好像在玩真人版神庙逃亡,每一秒都在与死亡擦肩而过。

秦渺渺眼泪都快出来了,可是根本没有办法停下来。他咬咬牙,尽量让自己冷静下来,这么一直躲下去也不是办法,他毕竟是只兔子,总会有体力耗尽的时候,可机器不会。

秦渺渺抬头,再这么继续跑下去大概三十秒之后会进入一个隧道,而隧道旁边大概一米远的位置是一个通风口。

秦渺渺只要奋力跳过去,抓住边缘就能逃离这里,但如果抓不住,下面就是无尽深渊,死路一条。

没时间想了,秦渺渺咬牙,反正横竖都是死,命运要掌握在自己手里。他在心里默数三二一,然后借着传送带的惯性,几乎使出

吃奶的劲了，往旁边纵身一跃。

抓到了！

秦渺渺死死抠住通风口的边缘，然后艰难地朝上拖动自己的身体，终于四脚着地，能松一口气了。

可这里会通向哪里？秦渺渺往里看了一眼，深不见底，偶尔会有很轻很细的风吹过来。他犹豫了一下，试探性地往里走了一点。稍微的动静都能让他汗毛直竖，所以他走得格外慢。

可命运不等人，好像故意在背后推了他一把似的。秦渺渺脚下一滑，便跟滑滑梯一样直接溜了出去，然后"扑通"一声，掉在地上。

这里好像一个大型篮球场，空空荡荡的，什么都没有，除了秦渺渺面前的这只正在熟睡的怪物。

秦渺渺第一次这么近距离看怪物，像野猪，却长了八条腿，头上还有一对触角。

他疯了，但大气都不敢出，唯恐这玩意儿醒了直接一张嘴把他给吞了。更何况刚跑了半天，他已经没什么力气，现在一吓腿早就软了。

秦渺渺欲哭无泪：天啊，难道是以前做人太顺利了，所以老天非要把我变成一只这么没用的兔子，还要经历这些来磨炼我吗？

太近了，秦渺渺甚至能感觉到怪物的呼吸像是飓风一样吹动着他的毛发。

他匍匐在地上,靠前腿仅剩的力量挪动自己,尽量让自己离那东西远一点,最好能找个地方躲起来。

忽然,有什么东西在眼前闪了一下,一粒白色光点在地上窜来窜去,像是谁的恶作剧。

秦渺渺按捺不住动物的本能反应,追着光点跑了两步,好不容易才勒令自己停下来。秦渺渺抬头,只见墙壁里嵌着一个玻璃瓶,而瓶子里是一个白色的团子,正在上蹿下跳。

他看着有点熟悉,想了一下才记起来,这不是第一次见雷欧彦时他带回来的那东西吗?怎么在这里?

而白团子好像也认识秦渺渺似的,激动地想要窜出来。可仔细看又不是,它分明是在故意制造动静,想要吵醒怪物。

秦渺渺心里暗叫不好,背后蓦地吹来一阵冷风。

果然醒了!

好啊!秦渺渺心里一腔怒火,瞪着那白团子:斗不过人就算了,我还斗不过你?

好在这只怪物是属于力气大,但反应慢的类型,再加上刚睡醒,意识估计都不太清晰。它举起拳头,朝秦渺渺砸下来,打偏了,但拳头落下来时的气流足够把秦渺渺掀开。

白团子在旁边幸灾乐祸,跳得越发欢快了。秦渺渺灵机一动,引着怪物朝团子那边去,然后伺机而动,用尽最后一点力气奋力跳

起来。

刚好，拳头落下来。只听"嘭"的一声，墙被击碎了，玻璃瓶掉下来，也摔碎了，白团子顺着里面的液体一起流出来。

但从监控的角度并不能看到那团白色的东西，只能看到碎裂的墙面和瘫在地上一动不动的兔子。

操作室里，李维森站在监控影像前，眉头拧在一起，长烟也快燃尽了。

周叔站在他旁边，背着手，笑道："怪物作为地球新培养出来的生物，跟其他物种最大的区别就是没有智商，只有暴怒和食欲，一味地破坏和进食。"

可是很显然，这只兔子不是，它甚至比普通的兔子还要聪明许多，懂得躲避、思考，行为反应更接近人类。

见李维森不答话，周叔无奈地笑了笑，转过来拍了拍他的肩，语重心长道："很多时候不必太过执着于从前，你和他的方式不同，但目的是一样的。"

为什么所有人都这么讲？李维森很不爽。雷欧彦对于人类的存亡向来不屑一顾，连队友都能杀。可保护这个地方，是他生来唯一的使命，雷欧彦不配跟他比。

李维森攥紧拳头，额头上的青筋微微凸起，他在极力压抑着什么,好像如果面前的人不是周叔,他早就掀桌子了,可最终还是忍了下来:"知道了,周叔。"

"还是跟阿彦说一声吧。"周叔是个明白人,走到门口又停下来。

雷欧彦之所以会让李维森带走兔子,是因为开发科给兔子下了保护令,笃定李维森不敢轻举妄动,可没想到李维森会胡闹到这个地步。

周叔对这两个孩子很了解,只能摇了摇头,也猜得出兔子现在的情况,雷欧彦应该是不知情的。

6.

怪物一掌拍下来,秦渺渺半边身子都震麻了。白团子也被震得悬浮在半空中,然后缓缓落下,像片羽毛似的。

秦渺渺也发现怪物跟这个团子并不是一路的,也就是他们现在是三方势力相互制约的状态。也不对,应该是一方独霸天下。

那如果要击败怪物,只能两方合作了。秦渺渺瞟了一眼白团子,以为自己已经够没用了,谁知道这个团子更没用,只会弹来弹去,像皮球似的。

当初追他的时候不也猛得要命吗?

怪物似乎是累了,稍做休整,再次出击。秦渺渺以为自己已经

筋疲力尽了，可性命攸关时刻，激发了无限潜力，他跳过去抓住白团子，然后朝前一扔。怪物的注意力轻易被吸引，追过去一个猛扑，撞到墙上。

而团子掉在地上，蹦了两下。

秦渺渺好像找到了暂时的办法，他又试了一次，就像给小狗玩飞盘似的，每次把团子丢出去，怪物都会跟着扑过去。但怪物跟团子的体型差就像大象和老鼠，根本抓不住，最终不是撞墙就是摔个脸朝下。

秦渺渺立刻得意起来，似乎还玩上瘾了，但快乐总是短暂的，怪物终于察觉到不对，又或者仅仅是知道了它抓不到团子，注意力自然又回到了秦渺渺身上。

秦渺渺正准备再次出球，见怪物拧着头以一个诡异的姿势盯着他，立刻顿住了。

他尴尬地笑了笑，试图表达自己的友好。

谁知道怪物完全不领情，长臂一挥，秦渺渺跟橄榄球一样被摔在了墙壁上，都快砸出一个兔子坑来了。

可这还不够，怪物明显是动怒了，一把抓住在旁边悠闲弹跳的团子，朝秦渺渺扔过来。

秦渺渺顺着墙壁滑坐在地上，头晕眼花，已经有些意识模糊了，他不知道是什么东西朝自己飞过来，也无力躲开。

可下一秒，喉咙一哽，什么东西飞了进去，像是生吞了珍珠奶茶里面的珍珠，冰凉柔软，顺着食道，滑进了肚子里。

什么东西啊！秦渺渺心想自己没被打死也要被呛死了。

团子？

秦渺渺一惊，想把它呕出来，可是已经晚了，他竟然把团子给吃了！会怎样？会死吗？会变成怪物吗？

由不得他细想，怪物此刻正处于癫狂状态，冲过来抓住兔子腿，将兔子甩到了另一边。

果然，出来混，迟早是要还的，现在轮到他来当球了。

秦渺渺觉得自己只剩一口气了，可吊着这口气，他又必须得清醒地感知到每一次疼痛和眩晕。他终于知道什么叫求生不得，求死不能了。

太惨了。秦渺渺没想到短短几天，自己就体验到了兔子悲惨的一生。还不如被吃呢，能死个痛快。

雷米亚实验室有特殊通道，可以直接通往怪物监狱。与其说是监狱，其实那个地方更像是他们实验室的一个大型样品柜。

怪物俘虏被关在那里，作为试验品供他们研究。

雷米亚的工作就是如此，每天跟不同的怪物打交道，所以在植物园见到那只怪物的时候才会一点反应都没有。

自动门缓缓打开，雷欧彦进来，穿着作战制服，许久不见的武器也背在身后。每当这个时候，他就好像换了一个人，整个人散发着冷铁似的气息。

雷米亚知道他有紧急任务在身，说道："对不起，这个时候让你赶来。"

雷欧彦直接问道："什么时候不见的？"

"今天上午。"

雷米亚调出监控影像，他们说的是那只装在玻璃瓶里的团子。

雷欧彦带团子回来却并没有向克里斯报备，而是直接交给了雷米亚。

他当时猜得没错，这只团子并不是怪物，而是人类研发的产物，但来历不明，用处也不明。

雷欧彦将它放在样品库，为了避免其他人发现它，玻璃瓶是存放在特殊介质里的，可以在样品库墙体里移动，位置每个小时刷新一次，极其随机。

知道这件事的人也只有雷米亚和雷欧彦。而雷米亚最后一次见它，就是在两小时前，829号库。

"829号库现在呢？"

"刚刚看过了，没什么情况。"

雷欧彦眉心紧锁："周围呢？"

"周围……"雷米亚在操作台前,飞快地调动着影像,全部都没有什么异常。

"不对……"她想起什么来,走进旁边的电梯,"上来,跟我来。"

两人到了另一层,和刚刚的操作室没有区别,只是好像年代更久一些,操作台上已经蒙上了一层灰。雷米亚启动仪器。

"829号库在地平面,下面原本没有其他仓库的,但前段时间829号库做了移动,它下面是73号库。"

雷米亚说着,他们所处空间好像开始转动了起来,又突然停下,像是换了个方向。

眼前的墙面像是一层逐渐融化的冰块,隔视层消失,只剩一块透明的玻璃,里面的情景跃然眼前。

霎时,一道黑影飞过来,然后"啪"的一声,一只兔子像是橡皮糖一样贴在了玻璃上,它看起来奄奄一息,身上的毛也染上了红色的血和黑色的泥,狼狈不堪且面目全非。兔子背后是表情狰狞的怪物,它亮出了利爪,朝着兔子扑去。

两人俱是一愣,谁都没有想到兔子会在这里。

几乎是一瞬间的事情,雷欧彦架起枪炮,然后扣动扳机。一粒子弹飞速穿过玻璃,像穿过一张纸一样,然后分毫不差地射进怪物的额心,巨大的冲击力拖着它后退了十几米,将它钉在了墙上。

与此同时，人与怪物相隔的那层玻璃骤然炸裂，变得粉碎。

秦渺渺掉在地上，已经有些感觉不到痛了，连意识都不太清楚，却好像看见了雷欧彦，和第一次见他那天一样，冷漠又不近人情，却又带着人类特有的一丝温度。

秦渺渺其实想告诉雷欧彦，他看起来不坏。

雷欧彦收回枪炮，看着地上的那只兔子，眼神冰凉。

:: Chapter.4 ::
兔子很危险

1.

怪物按照等级分为I-VI级，以及其他散兵。但这也仅限于人类目前所掌握的信息而已，毕竟人类的认知总是有限的。

基地这次接到的任务是对付II级怪物，派出的是李维森的二队，但鉴于他作战经历尚浅，所以安排了雷欧彦一同前往。

地点是潮州沙漠，位于第一基地和第三基地之间，以前就是无人区，现在更是一片死寂之地。

一阵疾风卷起地上的沙子，形成了一道小型龙卷风。

几架战机落地，李维森从战机上跳下来，叼着烟，整理了一下自己的制服和武器，正准备往前，又一道风沙迎面扑来，猝不及防地吹了他一脸。

李维森忍不住骂了几句脏话。

一架黑色的战机稳稳落地,刚好拦住他的路。机舱打开,露出雷欧彦的半张脸。

李维森冷笑:"你来做什么?"

雷欧彦看都没有看他,漫不经心地轻声道:"看你怎么死。"

"你……"李维森气极,嘴里的烟都咬断了,"你该不会是因为一只兔子来找我碴吧?"

雷欧彦利落地从机舱上跳下来:"我只是不喜欢别人动我的东西。"

李维森冷笑一声:"雷欧彦,你那兔子就算原先没什么问题,现在既然已经被怪物咬了,那也活不了多久!你救不了它的。"

雷欧彦忽然问:"你不是从来不违反禁地法规的吗?"

明知道兔子受开发组保护,还将它送到怪物监狱。李维森哑口无言,可也轮不到这个惯犯来说教吧?

李维森又冷笑了一声:"你有什么资格管我?"

雷欧彦这才懒懒地瞥了他一眼,明明没什么明显的情绪,却又好像带着巨大的杀伤力,李维森莫名感觉到一股寒意。

雷欧彦却一言不发,从战斗机上下来,径直掠过李维森,朝前走去。

通信器里是克里斯指挥作战的声音:"李维森,拦住他!"

这次要对付的是 II 级怪物，对方的危险程度不容小觑。饶是雷欧彦再厉害，也不可以这么冒险。

李维森犹豫了几秒，喊道："雷欧彦！"

雷欧彦停下来："管好你自己。"

"我没想喊住你，"李维森趾高气扬地说，"我只是警告你。你要送死可以，但我带来的人，我会一个不落地带回去，你别想连累其中任何一个。"

"希望你说到做到。"雷欧彦说完，便头也不回地向前走了，转眼淹没在风沙里。

而李维森也转身，朝着与雷欧彦相反的方向走去，狂风愤怒地卷起黄沙，在两人之间拉开一条洪流。

NAT 基地最年轻有为的两个少年，却最水火不容。

李维森作战经验不多，评级是 I 级，意思是单独打败过 I 级怪物。而雷欧彦的战斗评级是 III 级，他曾和二队队长一起参加过与 III 级怪物的战斗。

那是 NAT 建成史上最惨烈的一次战斗，人类死伤惨重，几乎全军覆没，回来的只有克里斯和雷欧彦。而带队出征的二队队长，连尸体都没能回到基地。

李维森永远都不会忘记他在总部看到的影像，永远不会忘记是雷欧彦亲手杀了二队队长。

怪物反应器报告的位置坐标在潮州沙漠中心区，地下三十米。按照情报来看是土系怪物，因此很难找到怪物核心位置。

一行人费了些时间才发现一个类似火山口的小土丘，上报之后决定从这里开始突破。

"准备好地下作战舱，动力带，先探测具体位置，然后将它引到地面，"克里斯在通信器里说道，"随时报告位置信息。"

"我知道。"

李维森穿上装备，然后启动作战舱。只见舱头迅速转动起来，像钻头一样，很快便破土而入，深入地底。此时舱头又转变了形态，伸出两片利刃，像是一道光一样，割开沙土，在前方开路。

已经是地下三十米了，克里斯察觉到什么，提醒道："前方检测到地下穴，注意有散兵，等一下……"

大概是信号不太好，李维森已经听不到通信器里说什么了。他喊了两声，没有反应。信号彻底断了。

怎么会这样？李维森凝神，前方可见度很低，像是一条深不见底的下水道，什么都看不到，这种时候理应原路返回，可是……

李维森回头看了一眼，他要往前。

果然如克里斯所说，一路上有很多散兵作祟，好在战斗力不强，李维森起初还能轻松应对，可越到里面气氛就越诡异，作战舱的行动也变得迟缓，好像被什么缠住了似的。

忽然，"砰"的一声，李维森不知道撞上了什么，作战舱瞬间失衡，他启动紧急模式，却无济于事。外面有一股巨大的力量在挤压着作战舱，一时之间散兵纷纷涌上来，开始不停地攻击作战舱。

情急之下，李维森胡乱找了一条通道，又好像被卷入了急流，到最后作战舱已经完全失去了控制，翻滚了几下，掉进了一个洞穴。

李维森被撞得头晕眼花，警报声响起来，他必须立刻离开这里，否则接下来就是机毁人亡。

可这个时候机舱电力系统完全失效，应急系统也出了故障，李维森想凭手打开舱门根本是不可能的，因为舱门完全卡死了。

狭小的空间里充斥着绝望的气息，李维森觉得自己好像溺水的人，越挣扎越无法呼吸，可是他不会放弃的。

除非真的死亡，灵魂脱离了躯体，不然他绝对不会放弃活下去。

忽然，一声枪响，周遭顿时没了动静，像一场海啸归于平静。李维森愣了一下，再次试着推了一下门，竟然动了！

他立刻踹开舱门，有些艰难地爬出来，几乎同时，机舱燃烧起来。李维森借着冲击力往前翻滚了一段距离，随即便听到"砰"的一声——机舱爆炸了。

如果再晚一秒的话……李维森惊魂未定，有些呆愣地回头。

雷欧彦站在他身后，手里还拿着武器，表情格外平静，好像面前是一场无聊的杂技表演，而不是见到刚刚死里逃生的同僚。

李维森最讨厌的就是雷欧彦这种永远置身事外、事不关己的态度，他站起来，攥了攥拳头，声音有些哑，带着些不甘心："为什么帮我？"

雷欧彦说："不算帮，你死在这里会很麻烦。"

"别以为我会感激你。"

"不会，"雷欧彦看过来，似乎怕他觉得自己是客套，转移了话题，"知道这儿是哪里吗？"

李维森这才发现这里是一个阴暗潮湿的洞穴，能听到水滴的声音，以及缓慢悠长的呼吸声，周围凹凸不平的墙面甚至好像在微微收缩和鼓动。

"难道这就是……"李维森以为他们只是快接近怪物核心了。

雷欧彦却说："我们在它肚子里。"

李维森半句话卡在嗓子里，发不出声来，他其实有点被吓到了，但是雷欧彦很平静，他只好硬撑："可我刚刚进来的时候并没有遇到什么……"

雷欧彦说："你进来的那个通道应该是它的肚脐，这里则是腹腔部分，往前还有没消化完的食物。"

李维森觉得胃里一阵翻滚，他忍了又忍，再次环顾四周。不对，如果这个巨大的空旷的洞穴只是它的腹腔的话,那这个怪物该有多大?

雷欧彦似乎看穿了他在想什么:"也许整片沙漠都是它的身体。"

李维森这下是真的惊呆了,没想到自己还没开始作战就已经被对方吃掉了。他脸色极其难看,看向雷欧彦,极不情愿地吐出几个字:"现在怎么办?"

雷欧彦瞥了眼他身后那团报废的作战舱:"肚子闹动静,他不会不管。"

"那现在……"李维森话没说完,一股巨大的气流涌进来,李维森差点被掀翻,费尽全力才能站稳。

而这阵飓风里,竟然还夹杂着无数小型怪物,像是蜂群一样。

两人迅速进入作战状态,但怪物数量太庞大了,源源不断,来势汹汹。如果说雷欧彦还能与之抗衡的话,那李维森完全招架不住,进来的时候已经消耗了他的部分精力。

"不想死的话跟我来。"雷欧彦说着,点燃一丛火焰。这火焰像一堵墙一样,暂时遏制住了疯狂的蜂群。见雷欧彦朝着某个方向走过去,李维森跟了上去。

"刀给我。"雷欧彦说道。

李维森犹豫了一下,这是他们祖传的刀,他有些不舍地把刀递过去,只见雷欧彦毫不怜惜地把刀插进墙面。

"你能不能……""爱惜点"这三个字没说出口,李维森的注意力便被墙面吸引走了。这不是墙面,而是怪物的肌肉组织。雷欧彦割开一道口子,黑色的血液喷涌而出,原本密不透风的墙面此刻只剩薄薄的一层结缔组织。

也是,毕竟是怪物的身体,但这样的话它岂不是更疼?

"什么意思?"李维森看向雷欧彦。

雷欧彦一派从容:"进去。"

"你让我从这里……钻进去?"李维森脸色更青了,"好恶心。"

背后的火墙支撑不了多久,蜂群很快就会再次涌上来。雷欧彦懒得跟他废话,直接将他的宝刀丢了进去。

李维森气得当场冒烟:"你有本事丢我啊?丢我刀算什么?"

但对于李维森这样的人来说,丢刀确实是最有效的方法。果然,他不啰唆了,一头扎进去。

他这才意识到伤口正在以极快的速度痊愈,黏膜变得越发紧实,像块橡皮胶。他毫无形象,一张脸被挤到五官变形,撑破了这层阻碍,终于扎了进来,正想回头看看雷欧彦的窘迫,但雷欧彦竟然就着自己刚刚撑开的缝隙轻而易举地进来了。

雷欧彦轻轻拍了拍身上的灰尘,毫发无损。

李维森气得头发都竖了起来,但还是忍了下来,环顾四周一圈,问道:"这是哪儿?"

雷欧彦也不太清楚，也许是脾脏，但他们现在要做的和唯一能做的就是找到心脏的位置。

这样的话需要不断地穿过怪物的身体器官，疼痛感只会让它越发暴怒，对他们并不利，但除此之外没有其他更好的办法了。

果然，怪物好像开始行动了，原本还平稳的地方忽然开始地动山摇，另一拨小型怪物也蜂拥而至。他们俩就像是细菌，有无数的免疫细胞前赴后继地攻击他们，而且一拨比一拨凶猛。

两人不断地划开内脏，在不同的器官里穿梭，最要命的是有时候还会回到原来的地方，却始终找不到心脏的位置。

"该不会没有心脏吧？"李维森气喘吁吁。"第N次"划开墙面时，动作已经熟练了许多，他正准备扎头进去，却蓦地对上一张脸。

李维森往后退了几步，雷欧彦扶了一下他。从里面钻出来的，是一只巨大的乌贼。

"被吞进来的？"

"不是。"雷欧彦似乎也不清楚，只能先对付再说。

乌贼比想象中的还要难缠，更何况它有十条腿，哪怕受伤也会快速愈合，而且根本没有受到任何影响，就好像这不是它原本的身体，只是一个幻影而已。

雷欧彦被同时袭来的三条腿分了神，只听到李维森戛然而止的

声音，回头看，李维森已经被缠住了，乌贼的腿紧紧地勒着他，好像要将他生生勒死。

"雷……"

雷欧彦现在根本过不去，也来不及，他拿起枪炮对准乌贼头部，"砰"的一声，整个空间都晃动了起来，乌贼的头爆掉了。但它很快便又长出一个新的头，几乎是毫发无伤。

雷欧彦忽然明白了什么，对准乌贼相反的方向再次开枪，子弹打到内壁上，绞紧了又炸开。乌贼发出一道尖锐刺耳的声音，竟然真的松了手。

雷欧彦猜得没错，这只乌贼应该就是怪物本身，它只是具象化出一个自己来到了自己身体里。

他们要对付的还是这具身体。

李维森趴在地上不停地咳嗽，终于喘过气来，但他不是很能理解，好半天才吐出四个字："禁止套娃。"

乌贼很快便又张牙舞爪地朝他们扑过来。这样下去不是办法，更何况李维森还受伤了，雷欧彦一把提起李维森，划开面前的墙到达另一个器官。好巧，他的作战舱停在这里。

雷欧彦将李维森塞进去。

"你想干什么？"李维森察觉到他的用意，自己的作战舱已经报废了，现在只剩雷欧彦的，他却让给了自己，"送走我然后你就可以逗英雄？你想得美。"

李维森说着想要挣开来，却被雷欧彦按住了。雷欧彦语气没比平时好到哪里去，还是那么冷淡："不想死就出去，告诉克里斯，她知道怎么办。"

"你……"

乌贼很快便跟了过来，长腿像是鞭子一样抽过来，将两人打开。李维森没再犹豫，立即发动作战舱。

雷欧彦吸引了乌贼的注意，它爪子缠上来，捆住雷欧彦的一只手。正不能动弹的时候，李维森的刀从天而降，砍断了乌贼的爪子，然后刀直直地插在地上，刃如秋霜，凝着一点寒光。

"两清了，"李维森看向雷欧彦，酷酷地说，"记得把刀还给我。"

2.

秦渺渺醒过来已经不知道是几天后的事情了，他睁开眼，看着灯光清冷的天花板，又看了看自己毛茸茸的手——不出所料，依然是一只兔子。

噩梦般的记忆这才慢慢回归自己的脑海，秦渺渺猛地坐起来，自己竟然还活着？

他不是已经被那个怪物踩瘪了吗，不是还吞了一个团子吗？不是……不是最后看到了雷欧彦吗？

难道不是做梦，真的是雷欧彦救了自己？他检查了一下自己的身体，好像已经没什么伤了。

秦渺渺抬起头张望了一圈，自己好像是在一个恒温箱里，周围是雪白的墙壁和一些简单的陈设，像是医院，却没有看到雷欧彦。

秦渺渺有些失望地耷拉下耳朵，余光却瞥见一道影子。秦渺渺抬头看去，是一个穿白大褂的陌生少年，黄色微卷的头发，细碎柔软的刘海搭在额前，耳后有几缕头发微微翘起，肤色白皙，五官精致，眼睛是琥珀色的，清澈又温柔，整个人像是一只慵懒的猫咪。少年看过来的眼神似乎带着些忐忑和试探，好像是怕吓到这只兔子，又或者是怕吓到他自己。

秦渺渺惊呆了，怎么会有长得这么漂亮的男孩子，不像雷欧彦的冷帅，也不像李维森的英气，而是一种纯粹的漂亮，带着些易碎感。

但不知道为什么，也许是经过雷欧彦和李维森之后，对人类都有了些恐惧感，秦渺渺见到他也一样，内心有些抗拒，想离他远点。

"不用害怕，我是这里的医生，不会伤害你的。"少年微微笑着，偏着头，笑的时候眼睛会弯成一道月牙，"我叫史津塞，很高兴认识你。"

秦渺渺还是不肯靠近他，紧紧贴着恒温箱的玻璃。

史津塞尴尬地笑了笑,却没有再继续试探,而是拿了食物和水,放在手边:"那我先出去了,你自己吃点东西吧。"

说完,他便真的出去了。

房间里只剩下秦渺渺一个人,他这才大着胆子从恒温箱里爬出来,肚子适时发出声音,他两步跑过去,发现史津塞留的是胡萝卜,他现在最爱吃的东西。

没有兔子可以抗拒食物,秦渺渺一口下去,甜津津的味道在口腔里漫开,他坐下来,吃到肚子圆滚滚的。刚醒来的失落感似乎也被填满了,他现在又是一只元气满满的兔子了!

门忽然打开,秦渺渺竖起耳朵。

史津塞站在门口,表情焦灼,又略带歉意,问道:"我可以进来吗?"

秦渺渺没想到这个人竟然会这么尊重一只兔子,于是点了点头。史津塞也愣了一下,好像在讶异这只兔子真的能听懂人话。

但惊讶很快被焦灼取代,他走进来,关上门,背死死抵着门,视线四处乱转,嘴里念念有词:"怎么办?少队长的人来了,他们要带走你。可是米亚姐姐交代过我要保护好你,现在怎么办?"

少队长?李维森?

被揍的情景还历历在目,秦渺渺一听是李维森就全身疼痛,紧张地缩起身子,害怕得要哭了。

史津塞走到兔子旁边,有些手足无措,好像不知道该怎样抚弄一只兔子才能让它感到心安。他小心翼翼地搓暖了手才轻轻地抚弄兔子的背部,安抚道:"你不要担心,我答应了米亚姐姐的,我带你出去。"

秦渺渺微微抬起头,大概是吃了别人的胡萝卜,又或者第一次有人这么轻轻地抚弄他,心里最开始的抗拒此刻全然消失,而且史津塞和自己是一种类型的男生,偏瘦偏弱。秦渺渺甚至产生了一点点惺惺相惜的感觉。

他犹豫了一下,跳进史津塞的手心。

史津塞愣了一下,捧着这只兔子,像是捧着什么宝物一样,眼睛里有掩藏不住的激动与诧异,好像下一刻就会奔走相告:我终于有兔子啦。

门外的动静越来越大,史津塞捧着兔子来来回回跑了个遍都没有找到合适的地方,最后兔子直接钻到了自己的口袋里。

门被推开的一瞬间,史津塞擦了一下额角的汗,装模作样地拿着听诊器,脸上笑容僵硬,朝着来人问道:"怎么了呢?"

一行黑衣服的稽查组,为首的那个凶神恶煞:"兔子呢?"

"兔子是什么?"

秦渺渺隔着一层衣服都能感觉到气氛有多尴尬。

"不是你负责治疗的吗?那只兔子被怪物咬过,现在应该由我们收押到实验室监测起来,如果变异了可以随时处理掉。"

又是实验室……秦渺渺现在对"实验室"三个字很敏感,都快有应激反应了。他缩成一团,史津塞仿佛察觉到了什么,把手插进口袋,掌心轻轻抚弄着他的后背,温度好像变成了轻柔的风,顺着后背渗进了心口。

"哦,那个白色的东西啊!"史津塞恍然大悟,眯起眼睛笑道,"被我治死了。"

对方显然被噎到了,正准备说什么,警报声响起来。

史津塞立刻站起来:"啊,有病人了,我必须先过去。各位大哥,有什么事情等我回来再说。"

哪有看病人这样落荒而逃,还除了挂个听诊器什么都不带的?稽查组也不傻,暗下命令:"跟紧他,见到兔子就强制带回来。"

史津塞比秦渺渺想象的还要迷糊,一路走来东躲西藏,嘴里还念念有词:"啊,好像不是这样,是不是走错了?左边还是右边?"

秦渺渺不禁开始怀疑这样的人真的是医生吗?真的靠谱吗?

"找到了!"史津塞忽然停下来。秦渺渺从他口袋探出一对耳朵,像是雷达一样探测了一圈,确认真的没危险了才敢露出头来。

"就是这里了,"史津塞笑的时候总会先眯起眼睛,温柔无害的模样,他指着墙上的通风口道,"从这里可以到米亚姐姐的房间。稽查组不敢进去的。"

秦渺渺看了他一眼，自己现在对通风口也有点发怵。

史津塞安抚道："放心吧，我在这里等你，要是有危险你随时可以回头，等你到了我再走。"

说着，忽然一道人影闪进来，是稽查组的一员："找到……"

话没说完，那人便忽然倒下了。

一切就在一眨眼的工夫之间发生了，秦渺渺的情绪还陷在史津塞的温柔里，压根儿没看到发生了什么。

只看到笑得一脸纯真的史津塞和他手里刚熄火的枪："不要紧，只是麻醉剂而已。"

秦渺渺看呆了，这人是怎么做到用最无害的表情做最狠辣的事情？这难道就是传说中的"切开黑"？

"快走吧，"史津塞催促道，"再晚人就更多了，我可没有那么多麻醉剂。"

秦渺渺跳上通风口，回头看了他一眼，犹豫了一下，把手里藏了许久的胡萝卜掰了一半扔过去，然后蹬着腿消失在长长的通道里。

这是作为动物唯一可以表达谢意的方式了——食物分你一半。

史津塞愣了一下，看着手里的胡萝卜，笑了一声。一回头，其他人已经赶来了，入口已经被围了起来。

"医生，怎么连你都跟着胡来，你知道这么做的后果吗？"

史津塞偏着头，笑得格外无辜："可我什么也没做呀。"

几分钟过后,史津塞安然无恙地从走廊里走出来,理了理白大褂的领子。而他身后,警卫员横七竖八地躺在地上,全部晕了过去。

3.

秦渺渺从通风口里跳出来的时候雷米亚正要出去参加 II 级怪物紧急作战会议,她作为开发部的一员,需要在场提供前线技术支持。

见到兔子的时候,雷米亚愣了一下,但并不意外。她蹲下来,问道:"小津送你来的?"

秦渺渺飞快地窜到雷米亚脚边,乖巧地点了点头。

雷米亚揉了揉他毛茸茸的头:"我现在要出去一趟,很快回来,你待在这里很安全,不要乱跑。"

嗯嗯!秦渺渺觉得雷米亚是真的好像姐姐一样,见到她便有种自然而然的亲切感。

他目送雷米亚离开,发现桌上有雷米亚刚刚准备的食物和水。秦渺渺拿了根胡萝卜,瘫在沙发上啃了起来。说起来他虽然吞了个来路不明的团子,还被怪物咬了,但现在感觉好像也没什么大碍。

秦渺渺其实也有点担心,自己不会真的忽然变异,丧失理智吧。毕竟是这个世界的法则,他作为一只平平无奇的兔子,又怎么能逃

脱呢？

秦渺渺越吃越觉得索然无味，忽然一阵铃声响起来，是雷米亚落在桌上的通信器。

秦渺渺蹦过去，想摁掉，可爪子不太灵活，不知道按到哪里了，投影立刻从通信器里弹出来。

秦渺渺吓了个激灵，跌坐在地上，呆呆地看着影像。原来是现场自动传回来的影像资料，画面里是许久不见的雷欧彦。

跟秦渺渺梦到的一样，他兀自站在那里，冷静得可怕，而他面前是一只怪异的乌贼，它疯了一样舞动着十条腿，朝雷欧彦飞去。

霎时，画面暗了下去。秦渺渺不知道发生了什么，再怎么按通信器也看不到画面了。

可最后一个画面中雷欧彦的眼神在他脑海里怎么也挥之不去，那样漠然又视死如归的眼神，好像是等这一刻等很久了。难道雷欧彦根本就是一心求死？

不行！秦渺渺也不知道自己为什么会忽然这么愤怒，他将雷米亚的嘱咐完全抛之脑后，冲出房间。

甚至没有想过要怎么去找雷欧彦，就这么冲了出去。

而雷米亚回来拿通信器的时候，兔子已经不在了，只剩下掉在地上被看过的通信器和半根胡萝卜。

她回头看了一眼，拨通一个号码："让他去吧。"

基地现在是紧急作战状态，大家的注意力全部在此刻的战斗上，无暇顾及一只兔子。秦渺渺还算聪明，跟在匆匆忙忙来来往往的人后面顺利通过了不少安检。

可是现在要怎么去找雷欧彦呢？秦渺渺想到了之前去过的站台，但那里只有在基地内行驶的交通工具。

秦渺渺坐在站台边上，耷拉着耳朵，自己怎么这么冲动又天真，一只兔子可以做什么呢？就算去了也什么都做不了啊……

"小兔子。"

秦渺渺闻声回头一看，是史津塞，他还是刚刚的装扮，朝自己挥了挥手。

秦渺渺垂头丧气的，没心情行见面礼。史津塞有些意外，还以为给了兔子胡萝卜就是朋友了，没想到兔子的心门也这么难以打开。

他走到兔子跟前："是想去找雷欧彦吧？"

秦渺渺猛然抬头，转而又垂下头，心想是又怎么样，又帮不了雷欧彦。可史津塞是怎么知道的？

"书上说小动物会依赖主人，是很正常的表现，"史津塞解释道，"我看你情绪这么低落，应该是在等他回来。"

不知道为什么，虽然史津塞每句话都在情理之中，可秦渺渺就是觉得他在故意引诱自己。但这种想法只存在了一瞬间，便被他马

上否定道:雷欧彦才不是我主人。

史津塞继续道:"不过雷欧彦现在情况应该很糟糕吧,II级怪物很难对付,李维森都被迫回来了,也就是说雷欧彦现在是一个人在那里。"

李维森怎么这么过分?

"不过具体发生了什么我也不知道,李维森调整了作战装备,现在正要去战场,"史津塞叹了口气,"我原本有个秘密武器要交给雷欧彦,但我没有办法离开这里,李维森跟雷欧彦关系一向不好,我不放心他……"

秦渺渺瞬间来了精神。

史津塞看过来,佯装吃惊:"你该不会想去吧?"

"可是你需要躲到李维森的机舱里,你不怕他?"

秦渺渺汗毛都竖起来了,还没回应,便看史津塞站起来:"那好吧,既然你这么想去,那就只好交给你了。"

秦渺渺满头问号:我说什么了吗?做什么了吗?哪里写着很想去吗?史津塞怎么听出来我的意思的啊?

可史津塞压根儿不管,看了眼手表:"离二次出发还有十分钟的时间,我送你过去吧。"

史津塞给了秦渺渺一个小斜挎包,蓝色的,里面放着所谓的秘密武器——一粒小药丸一样的东西,然后揣着兔子来到出发层。

谁知道刚好撞上李维森,史津塞伸手打招呼:"少队长。"

李维森冷冷看了他一眼,没说什么,准备上去。

史津塞又叫住他:"少队长!"

"有什么事情吗?"李维森表情有些不悦,回头看了眼史津塞的一身行头,"我没受伤。"

"不是,"史津塞扶额,绞尽脑汁,"我就来问问,雷欧彦现在怎么样?"

兔子就是趁这个时候迅速溜进去的,却又在听到雷欧彦名字的时候放缓了脚步。只听李维森冷冷扔下三个字:"死不了。"

见兔子顺利上去了,史津塞笑笑,右手贴在心口,微微颔首:"谢谢少队长,希望你们平安归来。"

4.

作战指挥部,克里斯站在指挥台前,紧紧盯着战场的影像。

"既然本体是乌贼,那么它应该有三个心脏。中间是主心脏,两边各有一个腮心脏,"克里斯手撑着桌面,妆容依旧精致,眼神锐利,"现在能勘测到心脏的具体位置吗?"

在主电脑前忙碌的是雷米亚,她飞快地操作着键盘,调出现场的数据,主屏上是层层叠叠的命令执行语句。

"需要时间。"

"雷欧彦的位置呢?"

"他不用管,先找心脏的位置。"说话的是戴蒙,他坐在总指挥台睥睨这一切。脸上的光半明半暗,叫人捉摸不透,偶尔会轻声开口,下达不容置疑的命令。

雷米亚的手停了片刻。

克里斯立刻反驳:"雷欧彦现在很危险!"

"他会自己找到心脏的位置,我们只要找到心脏就可以找到他。"作为总指挥官,戴蒙的决策确实没错,怪物的位置离基地不远,必须尽快解决掉它,才能最大可能地保护人类的安全。

可是作为一个人来说,他太无情了,雷欧彦是他看着长大的,却依然可以轻而易举被牺牲。

"我不赞同。"克里斯咬牙。

正在僵持之际,一道怯怯的女声响起来,然后从侧边的电脑前缓缓伸出一只手,是之前在监控室的短发女孩:"我找到一队长了。"

指挥部瞬间安静了下来,所有的目光聚拢过来。

毕竟大部分的人都觉得雷欧彦死不足惜,没有人会在尽快解决怪物和先确定他的安全之间选择后者。她却是选择后者的其中一个。

女孩子神色紧张,对上雷米亚温柔肯定的目光后才又大声说了一遍："我找到一队长的位置了。"

她来没多久，没有见过雷欧彦，对于他的事情也都是道听途说。

可她觉得会因为一只兔子的安全向人道谢的人，不会是坏人。

秦渺渺在飞行舱上，是能听到指挥台的声音的。

他没想到他们竟然连雷欧彦的命都不放在心上，雷欧彦可是为了守护人类才置身于危险之中的。他们怎么能这样知恩不图报呢？

他气得跺脚，再次发出不满的喷气声。

前面的人好像察觉到什么，小声喊李维森："少队长。"

李维森侧头瞟了一眼机舱尾部箱子旁边圆嘟嘟的影子："有事？"

那人瞬间明白少队长的意思了："哦哦，没事。"

飞机落地，秦渺渺见他们都下去了才从箱子后面出来，心想这群人真的是战士吗？怎么连他都发现不了，也太迟钝了。

蓦然间，他好像感觉到了什么，耳朵倏地竖起来，是雷欧彦。秦渺渺环顾一圈，像是指南针，确定雷欧彦的位置之后立刻窜了出去。

大概是太过投入和着急，秦渺渺完全忘记隐藏自己，几乎是当着所有人的面横穿过去的。二队众人停下脚步，每个人脸上都有点欲言又止。

李维森脸色铁青：就不知道低调点？现在我怎么装看不见？说我瞎了？

旁边的人忍不住开口："少队长，那不是……"

李维森打断他："那不是什么，又不是怪物心脏，激动什么？"

"我不是……"

"少废话，干正事。"李维森说完，余光里那道白影已经消失在黄沙里。他一直觉得雷欧彦这个人是没有心的，冷冰冰的，像是人造人。

现在看见了，雷欧彦的心脏正朝雷欧彦飞奔而去。

克里斯在耳机里说道："找到怪物头部了，还发现了两个腮心脏位置。"

"知道了，"李维森应了一声，然后冲兄弟们大喊，"走吧，没见过兔子啊？"

雷欧彦半跪在地上，用拇指擦掉嘴角的血，再抬头，眼睛通红一片，好像染上了嗜血的光。

不找到心脏的位置是根本不可能打败怪物的，最终只有一个结局，他体力耗尽，然后死在这里。

雷欧彦站起来，乌贼被斩断的触腕再次生长出来，它似乎也在战斗中进化了一些，不再是软绵绵的鞭子，而是长出了骨骼，像利箭一样，朝着雷欧彦飞过来。

有那么一瞬间，雷欧彦觉得一切都结束了。

他没有躲，嘴角微微上扬，神色平静坦然，好像等待这一刻很久了。

可下一秒，眼前一道白影闪过。霎时，乌贼的触腕竟然就这么碎了。

秦渺渺是铆着劲冲上来的，刹不住，摔在墙上，咯出一口血，半天都不得动弹。如果秦渺渺还有力气的话，一定要上前去踹雷欧彦一脚，问他为什么不躲，问他自己的命就这么不值钱吗。

兔子生气了，也没有力气做别的了。

雷欧彦愣了一下，看向那只从天而降的兔子，眼底第一次流露出一种无法言说的情绪。

兔子在救他。意识到这件事之后，他觉得好笑，可心里又有一种说不上来的感觉，好像一直空荡昏暗的房子里漏进了一丝光。

不等他们有所反应，乌贼早已准备好了另一根触腕，再次刺过来，谁都没有想到，它是冲着秦渺渺去的。

雷欧彦反应很快，他瞬间褪去刚才的反常，神色凛然，将手里的刀甩出去，利刃出鞘，却被另一只触腕拦住了。怪物嘶吼一声，继续朝秦渺渺扎去。

"兔子！"

秦渺渺只觉得身体痛得要死，到处都痛，好像有什么在身体里面冲撞。他努力地睁开眼，便看见有什么东西飞过来。就在与他只有一厘米距离的时候，秦渺渺的双手比大脑更快地做出反应，他竟然徒手抓住了乌贼的触腕。

然后像是完全换了一只兔子似的，他双目闪着诡异的红光，手上也长出利爪，嵌进乌贼的血肉，趁乌贼挣扎之际将它狠狠摔在地上，硬是将地面砸出一个坑。

一瞬间，气氛沉寂下来。

秦渺渺都被自己吓到了，愣愣地看着自己的手：刚刚发生了什么？我疯了吗？还是我真的……变异了？！我竟然真的变成怪物了吗？

秦渺渺无辜地望向雷欧彦，好像在向他解释——我不知道发生了什么，但我不是怪物……

他怕雷欧彦下一刻便将手里的武器对准他。

而雷欧彦此刻只是紧蹙着眉头，看着兔子。他也无法理解现在的情况。如果兔子变异了，却还有原先的理智，可这是一般变怪物根本不会有的，他见过的变怪物最先失去的就是理智。

来不及细想，乌贼似乎已经将秦渺渺当成了对手，十只触腕重生后一起飞过来。秦渺渺没留意，瞬间被那些恶心的触腕缠住，他咬牙，奋力想挣开，好像真的能挣开似的，只听见宛如琴弦崩断的声音，一点一点，却又瞬间绞紧。

只见雷欧彦在后方，举起武器朝向这边，不会要一石二鸟同时解决掉他们两个吧？秦渺渺正这么想的时候，只听"砰"的一声，乌贼的头部瞬间炸成了稀巴烂，而他得以解脱。

秦渺渺落在地上，雷欧彦竟然没有伤害他。

与此同时，地上已经被震成一摊烂泥的怪物，竟然又缓缓地聚拢到一起，恢复原形，叫嚣着再次出击，完全不给他们思考的机会。

这怎么还打不死？秦渺渺诧异地望向雷欧彦。

雷欧彦倒是已经习惯了，淡淡地说："这只是一个幻影，打不死也甩不掉，我们在他身体里，攻击周围可能效果更好。"

秦渺渺明白他的意思了，迫不及待亮出利爪，像是候补队员终于等到了上场机会一样，狠狠地把爪子插进怪物的内壁。

果然，怪物开始暴动了，像是地震。而此时，雷欧彦似乎已经找到了新的出口，喊道："跟我来。"

秦渺渺立刻抽出手，乌贼伸长了触腕追过来。秦渺渺游刃有余地抓住它，再次将其摔在墙上，就好像他那天在怪物监狱被摔一样，现在只是角色互换，秦渺渺觉得自己好像变成了那天的怪物。

秦渺渺忍不住感叹自己好厉害啊！没想到习惯当一只一无是处的兔子花了五天，习惯当所向披靡的怪物只用了五分钟，看来一开始的大方向就错了。

好在他不是恋战的兔子，没有再耗下去，而是跟上了雷欧彦。

5.

从一道窄缝里挤过来，前面是一条狭长漆黑的长廊，四周流淌着黏腻的液体。雷欧彦走在前面，一只手举着手灯，另一只手拿着李维森的刀。

偶尔会有小散兵飞来，秦渺渺现在对付他们简直不费吹灰之力。

雷欧彦偶尔看兔子一眼，似乎在担心兔子随时会失去理智暴走。秦渺渺也这么想，他觉得自己现在就像一个定时炸弹，但至少这一刻他还是清醒的。

一人一兔不知道走了多久，再次挤进一道窄缝，这里比之前那个空间要暗许多，更闭塞一点，走进来便有种无法呼吸的感觉，仔细听似乎还能听到机器运行的滴滴声。

这是什么地方？

尽管这只怪物比想象中的还要难缠许多，但战斗的时候还是露出了破绽——它有条腿始终是不怎么动的，就好像揣着一个宝贝东西。

雷欧彦举着灯往前走了几步，秦渺渺跟过去，只看到一个黑色的球状物，外壳看起来坚硬无比，散发着寒铁的气息，里面好像有什么东西,能听到液体流动的声音和很轻微的呼吸声。

秦渺渺透过球体上的缝隙看进去,是一个外表完全正常的乌贼?!

他愣了愣,疑惑地看向雷欧彦。

雷欧彦现在明白了,指挥部怎么都找不到主心脏,是因为怪物原本的主心脏早就没有了,取而代之的是这颗黑色的球体,如果没猜错的话,这应该是一颗人造心脏。

这也根本就不是什么 II 级怪物,而是一个人造怪物。

秦渺渺也很快便发现了异常,怪物的身体里怎么会有人类制造出来的东西呢?他觉得他们现在好像身处在一团浓云迷雾里,看不透也拨不开,也终于明白戴蒙为什么可以那么轻易地说出牺牲雷欧彦的话。

也许他们本身就只是这场巨大的阴谋里很渺小的一部分。

忽然之间,再一次地动山摇,大概是李维森正在攻击另外两个腮心脏,又或者是怪物检测到有人入侵主心脏。

雷欧彦试了一下通信器,找到了微弱的信号,便听到李维森像是被电流覆盖的嘈杂声音:"两个腮心脏也有自愈能力,即便炸毁也能很快长出新的来,看来源头不在这里。"

那就是这里了。雷欧彦稳住自己,目似剑光,看向圆球,将武器对准它:"兔子,让开。"

秦渺渺快速让到一边，只见子弹射到铁球上，却被弹开了，换了威力档依然如此，那分明就是一个刀枪不入的金刚球。

而这几枪似乎是唤醒了这个地方的防御系统，只见黑球自动旋转了起来，而后打开了一部分，从里面伸出一把黑色的枪管，指向雷欧彦。与此同时，从四面八方忽然弹出绳索，精准地朝雷欧彦飞去。

秦渺渺正慌张不知所措，面前忽然多了一把刀，是李维森的武器。雷欧彦一边应对绳索，一边大喊："把刀插进去，毁掉它。"

秦渺渺愣了愣：对，我已经不是一只普通的兔子了，可是雷欧彦为什么会相信一只变异的兔子？

秦渺渺捡起刀，一道绳索抽过来，眼看着就要劈开自己。雷欧彦及时出现，徒手抓住绳索，手掌都被勒出了血，他只是皱了下眉头，催促道："快点。"

也许雷欧彦一开始就是为了吸引火力才胡乱开了几枪，好让秦渺渺有机可乘，毁掉主心脏。

秦渺渺咬咬牙，立刻转身，一个弹跳，绕开几道阻碍，顺利跳上铁球。他举起手，铆足了力气，将刀插了进去。里面似乎有一股巨大的力量在与之抗衡，几乎要将他弹开。好在此时的秦渺渺一身蛮力，还能压制住，但要再进一点好难。

而雷欧彦那边，绳索越来越多，他寡不敌众，被束住了手脚，定在了墙上，黑色的枪管直直地对着他。好像有倒计时的声音响起，再不毁掉这东西，那么他们就都会死在这里。

秦渺渺忽然大吼一声，将刀插进了乌贼的心脏里。一瞬间，冷光乍现，秦渺渺觉得身体里有种被抽空的感觉，力量好像在消失，眼睛的颜色也消失了，指甲也恢复了原样，一股巨大的力量瞬间将他弹开。

然后便听见一声巨大的爆炸声，他好像瞥见了雷欧彦坐在地上，满身是伤，似乎也在看他。雷欧彦还活着就好。

秦渺渺闭上眼睛，转而消失在硝烟里。

一切尘埃落定，这副巨大的躯体像是沙砌而成，此刻一点点地坍塌，化成黄沙，只剩那个残破的铁球。

雷欧彦有些艰难地站起身，走过去把刀拔出来，可兔子不见了。

四周是一望无际的沙漠，萧索而平静，如同不起波澜的黄色海洋，却依然能将人淹没。

雷欧彦在原地站了一会儿。忽然之间风卷黄沙，一架作战舱落地，是李维森，他从上面跳下来，看样子伤得也不轻。

他走过来："刀还我。"

雷欧彦没说话，将刀递给他。

李维森接过来，沉默了几秒，又说道："这个还你。"

雷欧彦看过去，是一个追踪器。

李维森别开脸："为了监视兔子装的。"

他把东西交给雷欧彦,走了两步又回头,说道:"别觉得我原谅你了,也别以为我放过了那只兔子,只是一码归一码,就这一次而已。下次我还是不会放过你们。"

雷欧彦没说话,低头看着追踪器上的小圆点,一闪一闪的,像是心跳一样。

秦渺渺吃了一嘴的沙,呼吸困难,浑身都使不上力气。他觉得自己快要被晾成兔子干了,连呼救的力气都没有。

也许快要死掉了吧,死掉了是不是就可以回到原来的世界了?秦渺渺眼里一片迷蒙,开始胡乱想着有谁来救救他,给他一根胡萝卜,那么他愿意以身相许。

可是什么都听不到,也感觉不到,只能感到身体里的水分在一点点消失。

忽然,耳朵一痛,熟悉的力度和温度,将他从沙堆里扯了出来。秦渺渺睁开眼,抖了抖身上的沙粒,果然是雷欧彦!

雷欧彦来救他了。不管多少次,雷欧彦总是会来救他。

秦渺渺惊喜又激动,泪眼汪汪地看着雷欧彦。少年脸上交错着血痕和伤痕,却平添了一丝战损美。

他想起什么来,伸出手给雷欧彦看:我不是怪物了,虽然之前不知道到底发生了什么,但是我现在变回原样了!你不要扔掉我,也不要把我抓起来做实验。

当他把刀插进乌贼的身体里的时候,甚至想过,那只不过是一只普通的乌贼而已,会不会有一天他也会被那样装起来,被抽空思维,被利用,被迫变成怪物。

想到这里,他不自觉地抖了起来。

雷欧彦看着脏兮兮的兔子,难得地笑了,松开兔子耳朵。

秦渺渺立刻准确无误地跳进他的口袋,安心地缩起来。

好像只要待在这里,一切都没关系了,只要这一刻还安然无恙地活着就好了。

雷欧彦好像知道什么,拍了拍兔子的头,没有赶走兔子。

秦渺渺安静下来,不再乱动了,偶尔会偷偷看雷欧彦一眼。

他在心里想:我一直觉得你危险,其实最大的危险是我吧。我在这个世界就像一个随时会爆炸的炸弹,连我自己都不确定我到底是不是怪物。只有你敢把我带在身上,揣进口袋。只有你收留我。

秦渺渺这才想起来史津塞带给雷欧彦的东西,好像有点来不及了,但还是拿了出来,把那粒白色的小丸子放到雷欧彦手里。

雷欧彦似乎是愣了愣,看着兔子,有些意外:"给我的?"

秦渺渺也不知道这是什么东西,只见雷欧彦笑了笑,然后放进了嘴里。

他竟然这么相信自己,不怕是毒药吗?

是一颗糖，清甜的味道在舌尖漫开。雷欧彦好久没有尝过这种味道了，陌生又带着遥不可及的记忆。他垂下头，眼底的寒冰仿佛渐渐融开了一些。

秦渺渺呆呆地看着他，看来史津塞的东西确实不错，雷欧彦吃完心情都变好了许多。

早知道自己就先吃一半了。

雷欧彦看过来，声音里带着一点笑意，问道："不怕我了？"

秦渺渺有点臭屁地扬起下巴：你们这个破烂世界可怕的怪物太多了，可你是最好的那一个。

更何况，没有别的地方比你的口袋更安全了。

谢谢你收留我。

:: Chapter.5 ::
兔子被通缉

1.

每当一场战斗结束，NAT基地便会举行一场庆典。人类比想象中要乐观许多，每一次活下来都会诚心感谢上苍创造这次奇迹。

秦渺渺觉得奇怪，以前好好活着的时候，身边是无尽的埋怨和憎恨，而死到临头的时候才知道活着就是一场恩赐。

他们这次也算是凯旋，众人等在基地城门，列道欢迎，满是欢呼声。

李维森站在巡视车上，威风凛凛，像一只花枝招展的孔雀，十分坦然地接受大家的赞美和感激，像是参加竞选之后的巡回握手会。

雷欧彦在城门外就从车上下来了，他向来不喜欢这样的场合，准备从另一个入口进去。

秦渺渺双手抱在脑后，跷着腿躺在雷欧彦背后的武器上，嘴里还叼着一根胡萝卜，太阳晒得他暖融融的。

不过也不奇怪，雷欧彦这么不招人喜欢，要是去走花路，别人应该会朝雷欧彦扔鸡蛋吧。

忽然一颠，秦渺渺差点滑下去，回头看，雷欧彦正斜着眼睛看他，像是听得见他肚子里的诽谤似的。

秦渺渺赶紧讨好，歪着头想蹭蹭雷欧彦。

雷欧彦面无表情地推开兔子，脸上写着两个字：少来。

喊！秦渺渺环着手，傲娇地别开脸。

这才看到旁边站了个小男孩，好像只有五六岁的样子，一脸茫然地盯着他。秦渺渺被盯得有些不自在，知道自己可爱，但也不至于这么看着吧。

小男孩问道："哥哥，这是怪物吗？"

"不是，"雷欧彦把兔子从背后拎下来，塞进口袋里，语气冷淡，"但也不是好东西，以后见到记得先躲起来。"

小朋友不认识兔子就算了，什么叫不是好东西啊？秦渺渺在他口袋里跳脚。

雷欧彦按住兔子，小声说道："这里大部分动物都是怪物，他还小，没有分辨的能力，所以应该尽可能地远离一切动物。"

秦渺渺瞬间明白了，如果雷欧彦告诉小男孩他是一只正常的兔子的话，那小男孩以后见了其他的动物会觉得亲近，无法判断，可能就会受到伤害。

但怪物跟他从外形上来看，差别还是挺大的好吧。算了，秦渺渺想，我小兔有大量，就不跟你计较了。

可忽然又觉得难过了起来，为什么小朋友只知道什么叫怪物，却不认识一只真正的兔子？

他侧头看过去，那边好像是一所学校，里面传来阵阵欢呼声和嬉笑声。学生们无忧无虑，大概还不懂什么叫末日。只看得到一半的太阳、被层层包围的城市。这一切的残缺，依旧构成了他们的乐园。

一人一兔回到基地，进门的时候走的不是正门，而是穿过一道拱形隧道，深蓝色的离子光线将他们从头到脚扫描了一遍，像验钞机一样。

但仪器没有任何反应，雷欧彦看了兔子一眼，抿了抿唇没说话。秦渺渺有些疑惑，才反应过来这安检通道只是初步检测变异成分的，可他竟然安全通过了。

他回头看了一眼，自己也觉得奇怪，难道他那个时候并不是变异，而是激发了自己的真正实力？又或者是因为那个团子？可这么多天过去了，再怎么也已经被消化了吧？

秦渺渺摸着自己的肚子，思考得太过认真，完全没意识到路上有人拦住了雷欧彦，也没听到他们说了什么。

雷欧彦浑身是伤，衣服上还有血迹，没有来得及处理，便直接去了雷米亚那里。

雷米亚看了立刻叫来了史津塞。

史津塞一来便站在门口乖巧地打招呼："一队长。"又朝他身后的兔子挥手，"小兔子。"

该有的礼节一样没落下。

秦渺渺也竖起耳朵回礼，两人好像热络的老友。

雷欧彦斜睨了兔子一眼："人缘还挺不错。"

秦渺渺叉着腰：当然，我可是世界上唯一一只可爱又尊贵的兔子，除了你，大家都稀罕着我呢。

秦渺渺从他背后跳下来，蹦到史津塞面前，心想还没谢谢大家呢，便绕着史津塞的脚边转圈。

史津塞也蹲下来陪兔子玩了一会儿，而后看向雷欧彦："一队长，我来看看你的伤吧。"

"不要紧，"雷欧彦事先已经简单包扎了一下手，其他地方也没什么伤，"先看看兔子吧。"

我有什么好看的？我这不是生龙活虎的吗？直到雷米亚和史津塞的目光同时转过来，秦渺渺才意识到雷欧彦的话是什么意思。

秦渺渺虽然知道这是既定的程序，可还是觉得雷欧彦好无情，就不能假装那场莫名其妙的变异不存在吗？

可就算雷欧彦不说，战场的影像也是会即时传回指挥部的，也就是那个时候在场的所有人都看到了兔子变异的事实。

而且消息很快便传开了，现在整个NAT基地都知道雷欧彦带着一只怪物，除了雷欧彦之外，他们又多了一个讨伐的对象——兔子。

如果他们真的亲眼看到了兔子的话……

这也是雷欧彦为什么不从正门走的原因，不是为了自己，而是不想兔子受惊扰，他能承受的，一只兔子不用来承受。

"我先去收拾一下。"雷欧彦说完便准备出去，走到门口又停了停，回头看了兔子一眼。

雷米亚一下子就能看透雷欧彦在担心什么。

她跟出来，安慰道："你放心，我会照顾好兔子的。"

"谢谢。"

"你的伤真的没事？"

雷欧彦看了眼手心："还好。"

"等你回来……"雷米亚低下头，"等你回来我有件事跟你说。"

雷欧彦沉默了两秒："是跟戴蒙的事？"

雷米亚惊讶了一下，随即又笑开，也是，她能有什么事，无非就是和戴蒙之间的关系。

两人十年前的婚约，现在要兑现了。

尽管戴蒙对她没有任何感情，甚至比对同事还要生疏一些，但这个时代就是这样，男女之间不必有感情，只要基因检测两个人适合繁衍下一代便需要在一起，只是为了创造更好的一代。

没有人可以自己做主。

雷米亚一向对这些事情看得很淡，哪怕很久以前，她也曾对戴蒙动过心，此刻却也并没有因为戴蒙终于要来跟她履行婚约而感到一丝起伏。

她知道自己只是戴蒙计划里的一环。他从来不做计划之外的事情。

雷欧彦眼神沉了沉，说道："我很快回来。"

2.

史津塞就好像是冬天的太阳，看起来温暖刺眼，实际上没有一点温度，哪怕身处其中还是会冷得刺骨锥心。

秦渺渺看着对面穿白大褂的史津塞，不自觉往后退了退。就算他们现在看起来不会对他怎么样，如果真的检测出来他是怪物的话要怎么办？会毫不犹豫杀了他吗？

经过雷欧彦之后，他早就看透了，他与这个世界的羁绊微乎其微。

史津塞走到他跟前，蹲下来，想伸手，见小兔子有些抗拒，便把手放在膝盖上，循循善诱："不要怕，就是一个普通的检查而已。不会很久，也不会疼的。"

秦渺渺窜到桌子底下不肯出来。

史津塞还算有耐心，端茶又送水，还呈上了上好的胡萝卜。秦渺渺其实有点饿了，但是当兔子就要有不为五斗米折腰的精神。

他觉得自己偶尔看两眼就可以饱，秦渺渺别扭地转过头，依然不肯配合。

史津塞哄了好一会儿都不见效，也不生气，低头拨弄着篮子里的胡萝卜，喃喃自语道："软的不吃，那只能来硬的啦？"

什么意思？秦渺渺下意识地紧张起来。

史津塞手里不知道什么时候多了个遥控器，他说着，轻轻按下开关，"哐哐哐"几声，秦渺渺四周迅速落下几根铁柱子，桌子就这么变成笼子了？不止如此，地面忽然开始上移，铁笼的缝隙也渐渐被特殊材质的玻璃填满，形成一个密闭空间，像是试管一样立在房间中央。脚下湿漉漉的，有水溢进来。

他早就准备好了？秦渺渺有些惊讶地看着史津塞，这人实在是太可怕了，脸上永远一副人畜无害的模样，但手起刀落，比谁都快。

秦渺渺疯狂地拍打着玻璃，可水流速度越来越快，很快便漫到

了肚子、脖子、鼻子、眼睛。

"对不起呀。"

秦渺渺漂浮在水里,觉得自己就好像是化学课上看到的被泡在福尔马林里的标本一样,很快便没了意识。

史津塞戴上医护手套,阳光打在他脸上,少年的轮廓像是被橡皮擦去了一部分似的,只剩接近透明的弧线。他走到试管旁边,将手放到玻璃上,兔子便像是磁铁一样,缓缓地被吸引了过来。

史津塞意外了一下,回过头,发现雷米亚站在门口,目光复杂地看着那只兔子。

而史津塞的眼睛里也写满了迷茫,轻声喊道:"米亚姐姐……"

雷米亚走过来,开启了检测程序,屏幕上的数据一点点地跳出来。

史津塞帮她打下手,问道:"如果兔子真的是怪物的话,他们会杀掉这只兔子吗?"

"不管结果怎么样,他们都不会留下这只兔子。"

"为什么?"

"因为大家都相信自己的眼睛和基地的规定,怪物理应被处理。"

"可是兔子并没有做什么坏事啊……"史津塞嘟哝着,"外面到处都是怪物,终于出现一只正常的兔子,不是证明地球正在好转吗?"

雷米亚笑了笑,揉了揉史津塞的头,然后看着淡蓝色的液体里漂浮的兔子,说道:"嗯,一切都在好转。"

大概三个小时后,已经是傍晚了,天色逐渐变得昏黄。实验室里的各种仪器发出有规律的滴滴声。

秦渺渺迷迷糊糊醒过来,发现自己正漂在玻璃缸的水面上,他惊了一下,差点沉下去,扑腾了两下爬出来,坐在旁边的实验台上呼呼喘气。

史津塞进来,两人冷不丁撞上视线。秦渺渺一副垂死病中惊坐起的样子,十分防备地看着史津塞。

史津塞手里拿着刚摘的胡萝卜,好像是来道歉的。他走一步,兔子退一步,最后无路可退。

史津塞有些抱歉地笑道:"对不起哦,请你吃胡萝卜,要不要原谅我看看?"

秦渺渺才不信史津塞呢,他靠着墙,看史津塞伸出手,不知道要做什么。他耳朵一竖,忽然跳起来,张嘴咬上史津塞的手。秦渺渺愣住了,史津塞也愣住了。

秦渺渺松口,只见少年细白的皮肤上一道牙印,瞬间就渗出了血来。

他咬人了？大概是最近发生的事情太多，秦渺渺乱成一团，好像咬了人就证明自己真的是怪物一样。他不敢面对史津塞，更不敢面对自己。

秦渺渺甚至不敢去看史津塞的反应，绕开史津塞朝着外面跑去。

"等等！"史津塞站起来，想追他，可脑袋一阵眩晕，只能朝着兔子消失的方向，轻轻呢喃了两个字，"危险。"

说完便晕了过去。

戴蒙的办公室里聚集了一行人，雷米亚站在最边上，她把刚刚检测出来的报告放到戴蒙桌上，退开几步才说道："这是我们和医护组的报告，都没有检测到怪物反应。"

在场的人都有些讶异，所有人都看到了兔子的异变过程，现在却说兔子是正常的，那要怎么解释？

戴蒙翻了翻，并没有开口。他往后靠了靠，有些疲惫地揉了揉眼角。

"但是……"有人欲言又止，是实验三组的实验员。他小心看了雷米亚一眼，似乎在忌惮她而不敢说出事实。雷米亚倒是面容平静，好像什么都与她无关一样。

戴蒙抬起目光："说吧。"

"我们收集了现场的残骸，其中有一缕类似兔毛的样品，带回来做了检测。"实验员说着,把新的报告递过去,"长官,是有怪物波动反应的。"

雷米亚的眼神微不可察地变了变。

戴蒙沉默了一会儿才问道:"雷米亚,你觉得呢?"

雷米亚神色如常,没有回答戴蒙的问题,而是问实验员:"样品在哪里?"

"在我们第三实验室。"

"确定是兔子的?"

"跟医护组史津塞的取样做了比对,确定是的,"他特地强调了"史津塞"三个字,谁都知道史津塞是她的人,那人继续道,"所以我们觉得这只兔子的本质还是怪物,就算它现在一切正常,但或许只是暂时有什么东西将怪物本质保护了起来,就像是……"

他思索了一下,才想出一个词:"就像是抑制剂一样,只是暂时压抑着怪物的本性,一旦抑制剂失效,那后果不堪设想。"

办公室瞬间安静了下来,只剩戴蒙用手指有节奏地敲击着桌面的声音。

"抑制剂。"戴蒙重复了一遍,转而看向雷米亚,"你的意思呢?"

"我想对样品再做一次检测。"

"那好,"戴蒙答应得很快,"在那之前,先将兔子交给稽查

组。"

雷米亚有些诧异地看向他，把兔子放到稽查组无异于放到怪物监狱，也许不等最终结果出来，稽查组便会用自己的方式让这只兔子变成他们想要的结果。更何况她答应过雷欧彦要保护好这只兔子。

"我不同意。"

"雷米亚，"戴蒙看过来，眸光淡淡地说，"我对你已经让步很多了，不要做多余的事情。"

雷米亚从戴蒙那里出来，径直下到了地下八层。

除了怪物监狱之外，这一层还有另外一个地方，是隔离室。每次作战回来的人员必须在这里待满三天，确定没有被怪物感染的迹象才能回到基地。

雷欧彦就在这里。

胶囊形状的机舱里，雷欧彦躺在里面，只穿着一件浅色条纹衬衣，黑色的背带有些松散地挂在肩上。他脸色惨白，身上贴满了监测线，额角有些血痕，右手缠着绷带，大概因为处理不当，有些渗出血了。

"阿彦……"她急急地跑进去，正准备打开隔离舱喊醒他的时候，背后出现一道黑影。她回过头，是戴蒙的人。

"雷小姐，抱歉。"

随即，雷米亚便晕了过去。

3.

　　基地的大楼地形复杂，秦渺渺只顾着跑，完全不知道自己到哪里了。他绕开人多的地方，反应过来的时候才意识到自己在朝雷欧彦休息室的方向跑去，好像雷欧彦会收留他似的。

　　彩色的长绳吊着摇晃的蒸汽灯，秦渺渺跳起来按下旁边的开关。门开了，他冲进去，里面漆黑一片，雷欧彦并不在。

　　秦渺渺正想回头，门开了，外面走廊上的光把人影推下来，压在秦渺渺头顶。

　　竟然是两个长得一模一样的人，只是一个戴着白色的鸭舌帽，穿黑衣服，另一个戴着黑色的鸭舌帽，穿白衣服。除此之外，他们的表情和身形都一模一样。

　　秦渺渺甚至有那么一刻以为自己死了，见到了"黑白无常"。不过他现在应该离死不远了，这两人明显就是来抓他的。

　　秦渺渺警惕地看着两人，雷欧彦的房间他还算熟悉，那扇窗户还开着，窗帘被风吹了出去。

　　那两人只是站着，似乎在等兔子自己乖乖就范，可秦渺渺又不傻！他一步一步地往后挪，靠在窗户下方，这里竟然还有他上次丢下的胡萝卜！

好东西。秦渺渺做足了心理准备，深吸一口气，迅速捡起胡萝卜朝那两人扔过去，与此同时，翻身一跃，动作一气呵成。

本来以为自己已经拥抱到了月亮和自由，谁知道"啊呀"一声，小黑只是抬手，扣动扳机，捕兽器的爪子便精准地抓住了兔子的腿，然后收线，几乎不费吹灰之力。

秦渺渺抓着窗棂不肯松开，但是很明显挣扎无效，他像条死鱼一样被拉了过去，徒留下一串爪印。

小白蹲下来，一把握住秦渺渺的耳朵，将他塞进一个透明的盒子里。两兄弟从头到尾没说一句话，却默契十足。

秦渺渺愤愤不平，怎么他就没有一个兄弟。

他在笼子里上蹿下跳，想闹出动静，可被关进来之后便像是与世隔绝了一样，他根本听不到外面的声音，只能隔着一层胶卷底片似的玻璃层看到外面模糊不清的影像。

可这是要去哪里？秦渺渺被带着从房间里出来，他对这一片的环境不熟悉。两兄弟带着他穿过了一条玻璃栈桥，到达了另一栋楼。自动门一打开，秦渺渺便觉得有些不对劲了。

他竖起耳朵，动了动鼻子，空气里裹挟着的异样气息让他无所适从，身体的记忆好像比大脑更清晰，全身的汗毛都在抗拒和颤抖。

他终于意识到这是怪物的味道，噩梦般的记忆在眼前闪现。是怪物监狱！他们为什么又要把他送到怪物监狱？

秦渺渺在笼子里瑟瑟发抖，可是没有别的办法，他只能抱着脑袋祈求上天：老天爷，谁来救救我吧！

正这么想着的时候，秦渺渺耳朵一动，好像察觉到了一丝熟悉的气息——是雷欧彦。

他激动地趴到玻璃壁上，透过昏暗的隔层看过去。

他们在下行扶梯上，扶梯极长，一眼看下去深不见底，不知道是通往地下几层的，而旁边是与之对应的上行扶梯。

人影从暗处缓缓而来，渐渐露出消瘦的身形。果然是雷欧彦！只是他脸上没什么血色，像是大病初愈，唯独手上的血色格外刺眼。

秦渺渺拼命地拍打着笼子，想引起他的注意。可是外面根本就听不到，这个笼子是专门用来押送怪物的，一旦关上便好像隔绝出了另外一个世界。而在基地里，像这对兄弟一样拿着黑笼押送怪物的人实在是太多了，对于雷欧彦来说是司空见惯的事情，更何况他对周围的事情向来漠不关心，所以他自然也注意不到，上下交错，他正和他的兔子擦肩而过。

秦渺渺绝望地看着雷欧彦的背影，觉得自己就好像一团没了柴的火焰，到最后还是熄灭了。

忽然，笼子晃动了一下，秦渺渺连同笼子一起掉在地上。大抵是触碰到了什么开关，那胶片似的隔层竟然消失了，世界的喧嚣瞬

间涌进来,秦渺渺飞快回头想喊雷欧彦救他,可显然已经晚了。

转过身来,史津塞和小白同时跌坐在地上,所以刚刚是史津塞撞过来了,看不出那么瘦小的身体能有这么大的劲。

秦渺渺不明所以。

小黑将小白扶了起来,史津塞也跟着站起来,慌忙道歉:"对不起,我刚刚太急了。"

小黑小白冷着脸没说话,小白默默地捡起秦渺渺。小黑警惕地看着史津塞,打算让小白先走。

可史津塞也没什么动作,他双手插在衣服口袋里,站在那里微笑着。每当他做出这个表情时,秦渺渺就知道大事不好了。

果然,下一刻,小白忽然一顿,直直地倒了下去。小黑急着去扶小白,笼子再次掉在地上。史津塞走过去捡起笼子,不费吹灰之力。

"放心吧,小白没事的,只是睡过去了,两个小时之后就会醒的。"

小黑的眼神瞬间变得狠戾,他从背后抽出长棍,朝着史津塞抽过去。史津塞玩阴的还行,明面的战斗力和秦渺渺这只兔子不相上下,根本无法招架小黑,只能四处躲闪。

秦渺渺坐在笼子里看戏,原来自己平时挨打的时候就是这个德行啊!

很快就会有援兵赶来,史津塞不能再跟小黑耗下去了,他躲到角落里,将笼子打开。秦渺渺钻出来,想起之前的不欢而散,秦渺渺还有些忸怩,下意识地看了一眼史津塞的手,干净纤细,一点伤口都没有。

可是他不是明明咬到史津塞了吗?难道是自己记错位置了?但他来不及细想了。

史津塞一边回头,一边往秦渺渺身上的小布包里塞了一个东西,好像是一个小徽章,然后把他捧起来,放到墙上的通风口:"你顺着这个通风口往外跑,记住,别回来了。"

秦渺渺问不出为什么,因为小黑已经追上来了。史津塞催促着他:"快跑!如果还有机会见面的话,我再请你吃胡萝卜。"

话音刚落,史津塞便被小黑带来的援兵钳制住了。

DNT 基地总部启动了 III 级警备状态,全线捉拿一只变异的兔子。

雷欧彦在休息室,看着窗边墙上留下的一串爪印,又看到通信器里到处都是搜查兔子的命令。

克里斯在他身后,神情紧张严肃:"这次是 13 区。"

继上次之后,又有怪物进入了基地内部,为了避免引起恐慌,他们并没有公开这件事,也没有通知其他组,而是选择让雷欧彦紧急离舱,即便他现在的状态并不合适。

但如果想尽快解决这件麻烦事,那么让雷欧彦离开确实是最好的选择。克里斯也只是听从上级的指挥,只是她不确定雷欧彦会先去13区,还是先救兔子。

窗外夜色正浓,月亮变成了锯齿状,残破地挂在夜幕里,像天空的缺口。

克里斯说:"兔子不见了,到处都没有找到,应该是逃出去了。"

雷欧彦没有说话,他穿好衣服,拿上武器,除了脸色白得吓人之外,好像跟之前没有任何差别,总是一副冷冰冰拒人于千里之外的样子。

但克里斯太了解他了,她记得雷欧彦很小的时候,她不小心弄丢了他心爱的玩具,小男孩大概有半个月没有理过她。

这次也是一样的,她看着雷欧彦的背影,无奈地笑了笑。她弄丢了他的兔子,这次会是多久呢?也许是半年,也许是一辈子。都说不好,在这个时代,一辈子说到头就到头了。

4.

整个基地的通风口四通八达,杂乱无章而又多如牛毛,要找到一只兔子并不简单,他们只能下令封掉所有的通风口,可难免还是有疏漏。

秦渺渺听觉敏锐，在这迷宫一样的地方反而更有优势。虽然好几次差点撞上枪口，但好在最后还是逃了出来。

他穿过狭长的通道，然后从出口跳下来，四周荒芜一片，一些废弃的电缆线纠缠着堆在一起，像一座小山，头顶是锯齿形的月亮，远处有匆忙的脚步声。

秦渺渺小心翼翼地前行，生怕惊醒睡梦中的人一样。忽然，他神色一顿，看到一道比他更快的黑影闪过，随即疾风卷起，少年利落的几个跳跃后，站在废线堆上，然后举起武器，只听一声闷响，然后一团黑乎乎的泥浆落下，掉在秦渺渺面前。

短短的几秒钟而已，秦渺渺根本没反应过来，他往后退了一些，才看清眼前是一只怪物的尸体。

秦渺渺抬头，发现雷欧彦没看到他，而是收起武器，准备离开。秦渺渺想叫住雷欧彦，有人过来了，是个女孩子，短头发，穿着执行组的队服。

秦渺渺又往角落缩了缩，夜里的风有些凉，吹得他有些想打喷嚏。

那女孩应该是克里斯派来协助雷欧彦的，她十分诧异地看了眼已经被解决的怪物，又崇拜地看向雷欧彦，说了些什么。

不过雷欧彦自始至终一言不发，似乎是赶着去什么地方，眉宇间透着一丝不耐烦。

忽然，秦渺渺忍不住打了个喷嚏，女孩子听到了动静，朝这边看过来。

秦渺渺一慌，准备躲开，却愣住了。他呆呆地看着自己的手，张张合合，是确确实实的五根手指。

他摸了摸自己的脸，没了毛茸茸的手感，长耳朵也不见了。

变成人了？天啊！变成人了！

"原来在那里！"女孩子惊喜地看过来，冲雷欧彦说，"克里斯长官说有个被困的男孩，这下子大功告成。"

雷欧彦淡淡地瞥了一眼，蹲在角落里的男生瘦瘦小小的，穿着白色的T恤，背着绿色的斜挎包，惊慌失措的，好像有点眼熟，但雷欧彦并没有放在心上。

"我先走了。"

"哎！"雷欧彦头也不回，女生没有叫住他，只好先去帮秦渺渺。

而秦渺渺依然没有反应过来到底发生了什么，为什么自己会忽然变成人？到底是怎么回事啊？那他还会变成兔子吗？

秦渺渺抬头，雷欧彦已经不见了。

女孩子跑过来，一双眼睛又圆又大，好奇地盯着他："是不是吓到了？不过没关系，怪物已经被解决了。"

女孩子意识到秦渺渺的视线，回头看了一眼："他啊，他是我们执行组一队长，是个很好的人，就是脾气有点差。"

秦渺渺第一次听到有人说他是好人，不免有些意外，仔细听声音又觉得有些耳熟，好像是之前在作战指挥部那个找到雷欧彦的人。

"你没受伤吧？"

秦渺渺摇头。

女生歪着头打量了他一下："你是不是不会说话啊？"

秦渺渺也有些意外，试了一下，好像真的发不出声音，就好像并没有完完全全变成原来的自己，或许随时都会变回兔子。

想到这里，秦渺渺不免有些慌张，现在所有人都在抓兔子，他暂且得以脱身，必须离开这个地方。最起码要离开主城。

"你住哪里，要不先送你回去？"女生突然想到什么，"哦，对，你不会说话，那你的通行证呢？"

通行证应该就是类似身份证的东西，可秦渺渺怎么会有那种东西。

他正想着要怎么解释和搪塞，女生看了看他的包："包里没有吗？"

秦渺渺还奇怪为什么变成人了这个包也跟着变大了，就好像成了他身体的一部分似的，他象征性地翻了一下。

好像有个东西，他拿出来一看，是一枚徽章。

"这不就是吗！"女生从他手里拿过来看了看，"原来是73区的，没想到你住这么远啊，那边都快到边界了。"

秦渺渺不明所以，那是史津塞放到他口袋的东西。史津塞为什么会给他通行证，又为什么要把他送到73区？还是一切都只是巧合而已？

"走吧，"女生站起来，"我先送你出关，应该还能赶上73区最后一趟车。"

关卡口就是隔开主城区与副城区的通道，出了这里就是外围了，安全系数虽然比不上主城区，但也是安全区。

女生替秦渺渺将徽章贴上感应器，"滴"的一声，门开了。她将徽章还给秦渺渺，交代道："出了匝道顺着路牌往前走有车站，你坐上73号车就可以回去了。"

秦渺渺点头，鼻子有些痒，他吸了吸，点头道谢。

女孩子觉得这男生怪可爱的，像只小动物，笑道："那就这样啊，再见啦，下次注意安全，不要再跑到危险的地方去了。"

她挥了挥手告别。

秦渺渺刚出去，又打了个喷嚏，他隐隐觉得有些不对，伸手摸了摸屁股，顿时僵住了——这毛茸茸的是什么？

兔尾巴露出来了！幸好小布包挡着，不然就露馅了。

他终于肯定了，这次变成人只是暂时的，就像吃了长大药丸的柯南一样，药效一旦过去，他就会再次变成兔子。

所以他一定要赶紧逃开。他回头看了一眼,女孩子还在原地,他几乎是落荒而逃。

女生看着秦渺渺的背影,还以为是自己吓到他了。回头,她刚好碰到克里斯开车路过。

车子缓缓停下。她小跑过去,汇报道:"报告长官,13区被困的人已经救出来了。"

克里斯挂完电话,抬头看她:"你说谁?"

"就是……"女生回头指了指,"就是刚刚送走的人啊……"

克里斯表情严肃起来,顺着她指的方向看了看。13区出现怪物,且被困了一个少年,他们最开始接收到的情报是这样的,可实际上,被困的另有其人。

克里斯说:"医护组刚刚已经接到人了,现在正送往医院。"

女生脸上的表情渐渐僵住,变得局促又慌乱:"那他是……"

"先上车吧,"克里斯叹了口气,似乎那并不重要,毕竟能在基地总部区安全活动的,目前除了那只兔子还没有别的东西,"我会安排人去查。"

她来这里是刚刚接到了消息,说雷欧彦结束战斗后并没有返回隔离舱,而是擅自出了总部。

她终于打通了雷欧彦的电话,迫不及待地问:"你到底去哪里

了?"

那边沉默了几秒,竟然坦然道:"找兔子。"

克里斯没想到他会承认,一腔怒火瞬间被浇灭了,她有气无力地说:"回来吧。

"兔子已经送走了。"

秦渺渺之前在眺望塔上见过外围的景象,算不上有多繁华,倒像是小时候逛过的商业街,人群不会因为夜幕的降临而销匿。

他加快了步伐,一路顺着指示牌,还算顺利地找到了车站。这里就像是一个大型公交车始发站,有通往各个区的车辆。

秦渺渺好不容易找到女孩说的73号车,差点没赶上。司机正要发车,秦渺渺慌忙跑过去,没注意到有人,跟人撞上。

秦渺渺踉跄了几步,回头一看,愣住了,竟然是雷欧彦!他怎么在这里?

不知道是不是当兔子的时候被这人拎耳朵拎出毛病了,秦渺渺觉得头上有种什么东西即将破土的感觉,下意识地捂住头,看起来有些呆愣,还有些傻。

估计雷欧彦也是这么觉得的,瞟了他一眼,但没什么反应,只是微微皱着眉,有些不耐烦,好像已经忘了他是刚刚在13区受困的少年。

秦渺渺很少能在雷欧彦脸上看到情绪，他回头看着雷欧彦的背影，觉得雷欧彦好像是一块逐渐融化的寒冰，终于露出些温度。

他忽然有些不想走了。

雷欧彦径直朝前走，上了巡逻车。刚刚已经查了所有的发车轨迹，没有找到他们送走的兔子。

雷欧彦冷静下来，侧头看着一望无际的黑夜，他不知道自己在做什么，不知道自己为什么荒唐到要出来找一只兔子。

车站负责人在他旁边点头哈腰，生怕这尊大佛一不爽掀翻了这里。

车子怒气冲冲地冲着秦渺渺鸣笛了两声，司机不耐烦地问："上不上车？"

秦渺渺回过神来，刚上去又被拦住了。

"钱呢？"

还要钱啊？秦渺渺翻了翻包，里面除了徽章，就只有半根胡萝卜，史津塞怎么不给他准备点钱啊！

不过也是，谁能想到他会变成人，还需要花钱。

秦渺渺有些尴尬地抬头，司机正要把人轰下去，前面经理挥了挥手。

秦渺渺看过去，雷欧彦似乎只是觉得他们烦，所以用眼神示意了车站经理，意思是钱他付了，让他们赶紧走人。

雷欧彦的口碑并不好，但位置摆在那里，他们敢怒不敢言。经理纯粹是狗腿，司机就不爽极了，不管乘客有钱没钱，总是挑软柿子捏，冲秦渺渺大吼："还不快点？"

秦渺渺抓着背包的手紧了紧，火速上了车。

车子和月光一起缓缓向外流淌，然后跟雷欧彦擦肩而过。

一直到走了很远，秦渺渺才敢回头，终于不用遮遮掩掩了，他目光赤裸而真诚地看着雷欧彦的背影，在心里叹气：谢谢你哦，雷欧彦，以后有缘再见，不见也行。

:: Chapter.6 ::
人兔出征

1.

　　73区在人类生存基地的最外围,以前是工业区,人本来就不多,后来遭遇了怪物入侵,经过一场人异大战之后,就更荒了。

　　现在还住在这里的人屈指可数,大多是拾荒者,以及一个古怪的人。

　　司机看着后座上打瞌睡的少年,看起来白白净净的,不像是住在这里的。但他只是个司机而已,没必要管那么多,只要负责把人送到就可以了。

　　司机抹了把脸,然后猛踩刹车,喊道:"到了。"

　　秦渺渺因为惯性往前一撞,醒了,迷迷糊糊地看了眼四周。外面是一望无际的荒原,有几间破落的屋子,点着三两盏灯,偶尔有狂风呼啸，像是野兽的悲鸣。

秦渺渺打了个寒战，不明白史津塞为什么要把他送到这里，荒山野岭的，不怕他被饿狼吃了吗？

秦渺渺回头看了眼司机凶神恶煞的脸，又觉得这人更有可能吃掉他，于是老老实实下了车。

"放心吧，虽然这片住了个怪人，但安全得很，"司机瞟了他一眼，"想回去的话，每天早上六点，准时发车。"

秦渺渺刚睡醒，没反应过来这突如其来的铁汉柔情。

司机见他爱答不理，吼道："听到没？"

秦渺渺小鸡仔一样赶紧点头，司机"哼"了一声，便头也不回地消失在夜色里，徒留一管尾气。

秦渺渺被呛得有些难受，揉了揉鼻子，又打了一个喷嚏。

这时，头上有什么东西钻出来了，他终于醒了神——耳朵出来了！

看来坚持不了多久了，不等他反应，一个清亮的嗓音响起："哪里来的臭小子！"

秦渺渺顺着声音回头一看，身后有一棵只剩枝丫的大树，树上站着一个人，夜色太黑，只能看到一个黑影。

可现在自己这样子根本没法见人，秦渺渺脑袋里只有一个字——跑！

站在树上的人狂笑一声,一双眼睛在夜里格外亮,心想:竟然有人看到我还想跑?

夜晚的凉意夹在风里,像是刀子一样划在脸上,秦渺渺只顾着往前跑,压根儿没想到要去哪里。

前面应该是一条河,河边是几近人高的芦苇丛。秦渺渺仿佛找到了出路一般,原本想躲进去,谁知刚迈出脚,却一脚踏空,居然是个陷阱。

一瞬间天旋地转,秦渺渺一头扎进来,摔得够呛,好久才回过神。谁知道刚睁眼,眼前一亮,一圈镭射灯齐亮起,刺得他差点眼眶爆裂。

他缓过神来,看到陷阱外站着一个人,叉着腰,哈哈大笑:"我看你往哪儿……"

话没说完,嚣张劲儿戛然而止,那人似乎这才看清陷阱里的东西,忍不住破口大骂:"我的小男孩呢?怎么是只兔子?"

秦渺渺也才反应过来,他看了看自己的手,果然又变回兔子了。可他竟然微微松了口气,这样总比半人半兔的要好,当人太难了。

那人出去绕了一圈又回来,万般不情愿地把兔子拉了上来,愤愤地盯着他。

秦渺渺这才看清眼前的人,怎么说呢,他第一次见一个人能长得这么像一只浣熊，胡子又像是狐狸毛似的，呈两个三角尖，脸上有一道刀疤，穿着橘色的连体工装，像刚从工地上干活回来，可浑身又透着股二流子气。

这是谁啊？不等秦渺渺开口问，这人还自我介绍了起来："竟然敢在我郝银的地盘撒野，我骨灰都给你扬喀！"

秦渺渺嘴角抽搐，一时之间竟然不知道该吐槽哪一点：这人怎么看都不像好人，怎么会叫郝银啊？而且说话怎么还带口音啊？

郝银越想越气，怀疑是兔子把小男孩给吃了，于是把秦渺渺倒过来使劲颠他，像是能让他把人吐出来似的："赶紧的，快说，是不是你把小男孩给吃了？"

秦渺渺快晕了，什么小男孩啊？这人到底有没有脑子，什么时候见过兔子吃人的？

"哐当"一声，秦渺渺口袋里的东西掉了出来，是那枚徽章。

"什么鬼东西。"

郝银的注意力被吸引过去，他停下手里的动作，走过去，捡起来，圆形的小徽章在他的手心，折射出淡淡的银色的光。他彻底愣住了。

秦渺渺被扔在一边，好不容易喘过气来，这才看到郝银的表情，没被颠晕差点被吓晕了。

这人哪还有刚刚胡搅蛮缠的神情，眼眶红红的，瞬间蓄满了泪水，突然一百八十度大转弯，满含深情地看着秦渺渺。不知道的还以为秦渺渺是他失散多年的亲爸呢。

秦渺渺左右看了眼，确定他是在看自己。然后，就听到郝银哽咽着开口："你是从基地来的？"

秦渺渺不明所以，点头。

"雷……雷……"他雷了半天都雷不出个所以然，仰面朝天，用手指按着泪腺，好像能让眼泪倒流似的，缓了好一会儿才又问兔子，"雷米亚让你来的？"

原来是雷米亚，秦渺渺心里忽然涌出一股说不上来的安心感。

他犹豫着点头，谁知下一刻郝银便扑了过来，抱起他兴奋难耐："我就知道,我就知道雷米亚是在乎我的！她怕我在这里孤单危险，所以送了只兔子来陪我，是不是？我就知道！哦嚯嚯！"

郝银跟疯了一样，秦渺渺被他抛上抛下，感觉自己都快奔月了。

但秦渺渺这下也明白了，这人八成是爱慕雷米亚，又或者是她的拥护者。

不过雷米亚既然辗转将自己送到这里,那就证明这里是安全的。

秦渺渺忽然有点感动得想哭，没想到雷米亚竟然为他安排到了这个份上,他看着天上那轮忽大忽小、残破不堪的月亮，蓦地想起雷米亚那张温柔的脸来，可闭上眼，却是另外一张与她有着七分相似的脸。

他猛地睁开眼,如果这样的话,那雷欧彦也会知道他在这里吗？

2.

郝银开的是一辆改良过的川崎小忍者，绿绿的，像只螳螂，再配上他本身的一身橘色，那色彩即便是在夜晚的荒郊野外，也算得上是浓墨重彩。

秦渺渺被他五花大绑，跟双肩包一样背在身后，走了好久才到他住的地方，一下车又被灯光晃晕了眼。

眼前是一个绿色的集装箱屋，周围到处都是土石瓦砾和废弃的铜铁，除此之外，还有八盏巨亮的探照灯聚拢照在一起，生怕人不知道这里有个垃圾站似的，门口挂着一个牌匾，花里胡哨写了两个字：郝宅。

秦渺渺跟第一次见到海绵宝宝住在菠萝里的感觉是一样的——这也能住人？

他有点无语，看向郝银。

郝银得意扬扬地问道："怎么，是不是头一次见到像我这样富丽堂皇的宫殿？"

"……"

"进来吧，看在你是雷米亚送给我的分上，不收你房租。"

这世道还要向一只兔子收房租吗？

秦渺渺跟在郝银身后,进门的时候有种登上历史舞台的感觉。可进了门又是另一番天地,到处堆的都是破铜烂铁,连落脚的地方都没有,纵观全局就是垃圾堆,可仔细看……

秦渺渺还没来得及仔细看呢,刚落脚就"嗖"的一下,好像是踩到了什么滑板,又或者触发了什么机关,直接溜了出去,然后经过一块跳板,猛地一弹。等他反应过来之后已经被关在了铁笼子里,还是头朝下。

郝银随后进来,压根儿不管他,迫不及待往一堆垃圾里一躺,然后不知道按下了哪里的开关,电视打开了。

竟然还有电视?

郝银兴致勃勃地说:"七点了,我最期待的节目开始了!"

秦渺渺一看,DNT 基地新闻联播。

郝银的形象在他心里越发诡异起来。他仔细环顾了四周,发现这里并不像是垃圾堆,更像是一个乱糟糟的实验室。墙边立的都是货架,上面摆满了奇怪的东西,有些像是武器,有些又是药丸,像是哈利·波特对角巷的魔法店铺。

秦渺渺不由得再次打量起郝银来,脑袋里七七八八的思绪堆在一起,他好不容易拎出一点头绪——难道郝银是个武器走私犯?

郝银忽然大喊:"难看死了!又没雷米亚出场!"

秦渺渺心里刚破土的想法立刻被按回去了。

郝银似乎这才想起还有只兔子，看了看桌上昨天没吃完的剩饭，犹豫了一下，有些不舍地放到笼子里面："吃吧，不客气。"

秦渺渺看了一眼，宁愿饿死。

郝银自己倒还蛮注重生活质量，给自己拌了一碗酸奶麦片，然后在秦渺渺旁边盘腿坐下来，一边大快朵颐，一边问道："雷米亚就没让你给我带什么话吗？"

秦渺渺没反应。

"也是，带了你也没法说，"郝银嘀咕了两句，忽然豁然开朗，把碗往旁边一放，满眼放光地看向兔子，"不对，我有办法了！没什么是能难倒我天才郝银的！我能立刻让你开口说话！"

秦渺渺还没反应过来，郝银就已经消失不见了，然后听到"啪"的一声，好像把自己关进房间了。

秦渺渺全程都跟不上这人的节奏，感觉郝银就像是风火轮，风风火火的，他跑了五千米，秦渺渺却还停在原地。

笼子的空隙还挺大，秦渺渺试了一下，竟然真的钻了出来。

趁着人不在，秦渺渺四处溜了一圈，房间虽然布满了灰尘，但货架上的东西却一尘不染，看得出来郝银应该是很宝贝这些东西。秦渺渺不太敢乱动，看了眼准备走的，却被货架角落里的一张照片吸引了过去。

是一张合照，秦渺渺能认出雷米亚来，她比现在要青涩稚嫩许多，但还是一样好看，温温柔柔地笑着。雷米亚左手边站的是克里斯，环着手，还是那副趾高气扬的神情，右手边咧着嘴比着小树杈的男人穿着跟雷米亚一样的工装，看起来还挺阳光，但秦渺渺不认识，倒是对前排的两个小男孩眼熟得很。

其中一个穿着背带裤，黄色的小鬈发，皮肤白得几乎透明了，一看就是史津塞。而旁边那个银白色头发穿着中规中矩的衬衣，表情倔强不耐烦的小孩绝对就是雷欧彦了吧！

秦渺渺心里惊讶：原来他小时候就这么脸臭啊！不过还挺可爱的。

他乐滋滋地欣赏了半天才反应过来，如果这张照片在郝银这里的话，那那个陌生男人不就是郝银？

他又仔细看了看，眉眼确实有相似的地方，但这差别也太大了吧……岁月是把杀猪刀这句话果然没错。

原来郝银以前也在基地，还跟雷米亚是同事，可现在为什么又到了这里生产垃圾呢？

秦渺渺又往四周看了看，越发觉得郝银这人疯疯癫癫，难不成真是发明家？

郝银是第四天晚上才出现的，这四天秦渺渺除了吃就是睡，电视会在每晚七点准时亮起来。秦渺渺有的时候还能看到熟悉的画面，

是他在基地的时候见过的地方。有一次还看到雷欧彦的休息室门口的那盏灯，但却没见到雷欧彦。也不知道雷欧彦还记不记得他这只无名无姓的小兔子。秦渺渺忽然有种兔生没了追求的感觉，每天看着日出日落，好像刚出生就开始等死了。

好无聊。

郝银从垃圾山里钻出来，看起来累得够呛，但表情不怎么好，好像是实验失败了。

他趴到沙发前，对秦渺渺怎么在沙发上漠不关心，盘腿坐在地上，嘴里念念有词："到底是哪里出了问题？为什么会失败呢？"

他起身倒了杯水喝。

到了晚上七点，电视又亮了起来。秦渺渺这时正在偷吃郝银的麦片，一抬头发现自己上电视了。他愣了一下，揉了揉眼睛，看见旁边写了几个字：通缉犯，高悬赏。

郝银在前面一口水喷出来，回头盯着兔子。秦渺渺也还没回过神来：我什么时候被通缉了？

秦渺渺立刻放下勺子举手投降：不是我，不关我的事，我是无辜的。

郝银窜过来，拎起兔子，对着电视里兔子的照片比对了半天，然后一语惊醒梦中人："连这个绿包都是一样的！还真是你！"

秦渺渺欲哭无泪,早知道就扔掉这破包了。

郝银满眼放光:"发财了发财了!"

他说着,背上包胡乱地收拾了几样东西,正准备出门又刹住了车:"不行啊,我实验还没做完!"

他看了眼兔子,犹豫不决,可眼睛里完全没了一开始爱屋及乌的温情,在立刻变现和利用完了再变现中难以抉择。

"算了,"郝银终于做了决定,"反正也不急这几天,等我研究出来再把你送去换钱岂不是能赚得盆满钵满?"

他正说着,电视上出现了雷米亚的影像,她正在接受采访,汇报基地及怪物最近的情况。

这还了得!郝银跟雷达一样立刻扑了过去,眼睛一眨不眨地盯着画面,生怕漏掉一个细节,就差钻进电视了。

秦渺渺也跟着看过去,却一眼就看到了雷欧彦。他在背景里,应该是不小心被拍进去的,只有一个坐在电脑前的侧影。后来他好像察觉到什么,抬头看过来。镜头晃了一下,很快就调整了回去。

秦渺渺愣愣的,一动不动,心里有一种说不上来的感觉。

郝银叹了口气,委屈又落寞:"唉,我好想她。"

"要是她能来找我就好了。"

3.

郝银虽然神神道道的,但确实是个科学家,以前在基地内部也是举足轻重的人物,后来被赶了出来,便在荒区定居。

他在这里待了七年,开了一家武器商店,卖自己发明的东西,很少有人来光顾,但他好像也不是为了有人来,只是十年如一日地守着这里,对付怪物,所以这里的居民称他为荒区使者。

在秦渺渺看来,他就像是童话里的老巫师,每天埋头做实验,捣魔药,发明一些奇怪且没用的东西,毕生只坚持三个真理,金钱、科研和雷米亚。其他的东西都不重要,还经常为了实验废寝忘食,在他的破烂实验室里一待就是十天半个月。

而秦渺渺自从被通缉了之后日子就不好过了。

郝银给了他一套装备,穿上之后能跑得更快,跳得更高,放在平时来讲简直是如虎添翼。

可秦渺渺现在是郝银的俘虏,这套衣服就像是枷锁一样,不仅穿上去就脱不下来,而且超过了郝银设定的距离,身上的这套装备便会自己长出翅膀来,千里万里都能把秦渺渺给拖回去挂起来。

所以秦渺渺想跑都跑不掉,他就好像落入了翰轩棋社的小燕子。

郝银经常会打发秦渺渺帮他去邻居那里取货,他懒得去主城,可有时候又需要一些材料，便会托邻居带回来。

以前是郝银自己去取，现在有了兔子，就是兔子的事了。

可荒区地广人稀，说是邻居，两家之间却隔着十万八千里。秦渺渺每天天没亮就要出门，将近傍晚才能回去。要是过了晚上六点的话，身上的装备还会自行启动，强行把秦渺渺带回去，生怕他跑了似的。

可郝银也不想想，兔子每天起早贪黑，哪里还有力气跑路。

秦渺渺今天晚了些，邻居等半天了，也已经习惯了一只兔子来跑腿。

邻居把东西放到兔子身后的背篓里，叹了口气，说道："日子不好过了啊，马上又要变天了。你回去跟郝大师说，我们要搬走了，以后可能就不能帮他带东西了。"

秦渺渺听不明白，心想：你也太不见外了，再怎么说我现在也是兔子不是人，让我怎么跟他说？

不过郝银最近好像确实在做兔语翻译器，找兔子试了好几次都失败了，可如果成功的话，郝银应该会立刻把兔子送到基地去领悬赏吧！

秦渺渺想到这里，心凉了半截，失魂落魄地往回走。

而他前脚刚走，后脚一辆车停下来，轮胎碾过地面，扬起地上

的灰尘。有人从车上下来，背后是一把黑色的巨型武器，荒原上的风刮着这人的衣角，周身都是凛冽的寒气。

背包里不知道是什么东西，重得很，秦渺渺有点跑不动了，坐在树下乘凉。心情好了，思绪也畅通了，他灵机一动，心想反正也快超过设定距离了，不如再走远点，这样战服就能长出翅膀把他拖回去，岂不是更省力。

秦渺渺拍拍手站起来，朝着边界走去，全然没有意识到边界之所以是边界，是因为它隔着安全与危险。

边界线有一道特殊的物质，一般怪物是无法穿透进来的，后来郝银往里面加了一种药剂，哪怕有怪物能通过这层屏障，身上也会留下痕迹，除了会定位发出警报之外，还能一点点地将怪物腐蚀掉。不过这些对普通人并没有什么影响，对兔子也是。

所以秦渺渺压根儿不知道自己已经穿过了屏障，而他特殊的感应能力在安全区的时候是被屏蔽的，等他穿过来的一瞬间，危险感应才猛烈汹涌地袭来。

完蛋了！秦渺渺愣了足足一秒钟才想起来要跑，可是他这么一来一去，也给了怪物可乘之机。秦渺渺完全无暇顾及有多少只怪物跟了进来，他现在就像是捅了马蜂窝，要不是有郝银的战衣，他应该早就成为怪物的腹中餐了。

怪物也有能力的差距，有的穷追不舍，有的被轻易甩开，当它们意识到自己追不上兔子之后,便准备去寻找另外的目标了。

而这附近刚好有一户居民,秦渺渺来过几次,他记得这里住的是一位老人和一个小孩,可就算有郝银给他们的防身武器,这两个人也根本对付不了怪物……

他只是分神看了一眼,就差点被咬到后腿。

不好,大抵是听到外面有动静,门开了,有人出来!

怪物发出一声兴奋的狂啸。

秦渺渺顾不上那么多,立即蹬上前面的树干,以惊人的弹跳力掉了头,拦住了后面怪物的去路。怪物瞬间涌上来,足足八只,将他包围。

秦渺渺此刻站在中间,四面楚歌。他这才意识到自己刚刚回头的决定有多不自量力,分明就是来送死的,他根本不可能对付得了这些怪物。

只能等郝银发现信号来救他了。秦渺渺咬咬牙,开始拖延时间。他窜来窜去,相对于迟钝暴躁的怪物来说,兔子还算灵活。怪物扑作一团,越发愤怒。

寡不敌众,秦渺渺体力又消耗得太快,十分钟便已经招架不住,他被打落在地上,有些爬不起来。

郝银到底什么时候才来啊……

这时,一声清澈的童音响起,是小女孩看见了秦渺渺,冲屋里

喊："奶奶，是兔子！"

小女孩之前没有见过怪物，甚至不知道这些东西到底有多可怕，只是看到兔子受伤了，便想去帮兔子。她朝秦渺渺跑过来。

不要过来！秦渺渺喊不出声音，他想去拦住她，下一刻却被怪物一掌扑在了脚下，动弹不得。眼前的世界开始旋转，秦渺渺也已经坚持不住了，只见另一只怪物朝小女孩扑过去。

他绝望极了，在心里大喊：不要啊！快跑啊！

可是没人听得见。

就在他觉得一切已经走到了尽头的时候，忽然一声巨响，小女孩面前的怪物应声倒下。

银发少年仿佛是从天而降，像一道闪电，将小女孩从怪物旁边解救出来送到安全区域，又随即转身，将黑色的炮筒对准怪物的头颅。几声枪响，怪物次第倒下，霎时，像是狂风过境，一切又归于沉寂。

唯一剩下的，是一只兔子恍若擂鼓的心跳声。

秦渺渺呆呆地望着眼前的人，刚刚有那么一刻，他真的祈祷过，要是雷欧彦能在这里就好了。

没想到真的会见到雷欧彦。

雷欧彦回过头来，与兔子四目相对，他看起来比兔子要坦然得多，好像早就预料到会有这一场遇见一样。

见兔子一动不动,他走过来,轻轻拎起兔子的耳朵,刚刚的凛冽顷刻间全无,甚至让秦渺渺感觉到了一丝久违的温柔。

"吓傻了?"

秦渺渺仿佛这才回到现实里,心里说不上的委屈,明明他来了就已经很意外了,却又得寸进尺地想他为什么不能早点来。

秦渺渺挣扎了两下:你才吓傻了。

雷欧彦笑了一声。

小女孩见没危险了,蹦蹦跳跳地跑出来,她身后跟着年迈的奶奶。她停在雷欧彦面前,嘴巴跟抹蜜似的甜:"哥哥,奶奶说刚刚很危险,谢谢你救我。"

"嗯,不客气。"雷欧彦说着,把兔子放下来,又朝着前面的老人点了下头。

老人佝偻着背,倚在门栏上,面带微笑地看着他们:"要不进来吃个饭再走吧。"

"哥哥,一起吃饭吧,我奶奶做饭很好吃的,"小女孩盛情邀约,想了一会儿又看着兔子,语气冷淡了三分,"小兔子也来吧。"

说完,她拉着雷欧彦就往屋里走,好像兔子来不来并不重要。

秦渺渺惊了,才几岁啊,就这么见色忘义!而且雷欧彦也不等他!他现在浑身都疼呢!就不能帮个忙把他抱进去吗?一只兔子又没有多重!

秦渺渺不去了！他环着手在原地坐下来。

两人在前面停下来。小女孩见兔子不动，问道："哥哥，兔子怎么啦？"

雷欧彦看了兔子一眼："兔子生气了。"

你才生气了！

秦渺渺使劲瞪着雷欧彦，可雷欧彦今天跟吃错了药一样，总是让秦渺渺觉得有种被蛊惑的感觉。

雷欧彦也没恼，环手靠在墙上，故意露出自己的口袋，偏了偏头："不走吗？"

秦渺渺不中用，三步并作两步，准确无误地跳进了雷欧彦的口袋，那个他朝思暮想的地方。

熟悉的温度和气息。

秦渺渺窝在他口袋里想：雷欧彦，我原谅你了。

4.

屋子门口挂着一串风铃，屋内陈设很简单，却又很温馨，放满了手工艺品，精致而独特的一部分应该是出自老人之手，而有些看起来青涩稚嫩的，大概就是小朋友做的。

小姑娘兴致勃勃，拉着雷欧彦进来，跑进跑出，给他介绍自己做的手工艺品。

雷欧彦虽然沉默着没说话,但难得有耐心陪她看完了。他最后停在一张红檀木桌旁边,上面放着一个篓子,里面是刚做完的手工品。

小女孩说:"这是奶奶做的,就剩最后一点点了。"

她拿下来,是一只用毛线钩出来的小兔子,圆圆滚滚的,脸颊和耳朵有淡淡的粉色,身上背着一个绿色的小包。

秦渺渺越看越觉得熟悉,这难道不就是他本兔吗?怎么还做他啊?秦渺渺还挺难为情的,但心里还是乐乎得很:都照着我做玩偶兔子了,这得多喜欢我啊……

短短几秒钟的时间,秦渺渺的脑海里已经上演了好几出大戏。他得意地望着雷欧彦,好像在说:看到没,你只是乱花渐欲迷人眼而已,我才是人家心里的风雨不动安如山。

秦渺渺跳到桌子上,正准备接受小女孩的追捧。谁知道小女孩看着雷欧彦,说道:"哥哥,这个是照着小兔子做的,原本要送给小兔子,但哥哥你刚刚救了我,所以送给你。"

哈?秦渺渺急了,我没听错吧?都送给我了怎么还能送给别人?更何况雷欧彦像是会接受这种东西的人吗?

雷欧彦淡淡地说:"谢谢。"

还谢谢?秦渺渺诧异极了。雷欧彦这样的人怎么会把一只玩偶

带在身上，他根本就不是真心想要，就是故意抢兔子的东西。

幼稚！气兔精！秦渺渺又生气了，气呼呼地跑到窗户边上，双手一环，只留下一个圆滚滚的背影。

雷欧彦望着兔子的背影笑了笑，又低头看了眼手里的兔子玩偶，使劲捏了捏，还挺像的。

食材有限，所以准备得很快，也很简单。

三人一兔坐在桌子前，头顶是一盏摇晃的小灯。秦渺渺的餐盘里是一根胡萝卜，自从离开基地之后他就再也没有吃到过了，迫不及待大快朵颐了起来，压根儿没去想这里为什么忽然会有胡萝卜。

雷欧彦垂着眼睛，吃得很细致，灯光打在他的眼睫上，投下一片阴影。秦渺渺趁着吃饭的间隙偷偷看了他一眼，目光猝不及防对上，秦渺渺又赶紧移开。

秦渺渺忽然开始想象如果他们生活在正常的时代会怎样，雷欧彦应该是学校里很受欢迎的那一类人，可满脸又写着不好惹，不喜欢跟同学打交道，却会蹲在学校后门的花坛边喂猫。

如果遇见他的话，秦渺渺觉得自己应该会忍不住多看他几眼。

秦渺渺晃了晃脑袋，不去想了。

电视里正在播一则新闻，城区的主河道检测出怪物反应，怀疑已经被怪物污染，现在水资源极度匮乏，基地已经特派执行组去寻找新的水资源，称作 A 计划。

秦渺渺看了一眼，前不久还繁华有序的地方现在乱成一团，镜头扫过，人们脸上写满了惊恐和绝望。他们围在基地使馆门前，想要寻求一个解决方案，却又不听任何解释，似乎只是单纯地制造恐慌，又或者只是为了宣泄自己的胆怯而已。

秦渺渺回头去看雷欧彦，他好像对此并不在意，不过也不奇怪，他本来就是一个习惯冷漠的人。

秦渺渺到现在都没有见过他对什么上过心，更别说对一只兔子了。

秦渺渺忽然觉得有些食不知味，准备放下胡萝卜，却被钟声打断。

晚上六点了，得回去了！

秦渺渺慌忙去看雷欧彦，想伸手拉住他，可是来不及了，秦渺渺已经飞起来了。

祖孙俩对此见多不怪，坦然地跟兔子挥手说再见。雷欧彦也没有什么过多的反应，只是看着兔子飞走。

秦渺渺看着雷欧彦，心想：我会回来找你的，你别走太远啊！

郝银气势汹汹地守在门口，像一只警觉的牧羊犬，见秦渺渺回来了拎起他问："是不是你把怪物带进来的？"

秦渺渺抱头，心说：我又不是故意的，还不是因为你！

可郝银并没有继续质问，摩挲着下巴打量着他。秦渺渺还以为郝银正思考怎么炖掉他呢，却听郝银说："你打败了他们？"

秦渺渺立刻挺直了腰杆，心里发虚：当然，别看我平时不中用，关键时候厉害着呢。

"看来我的装备果然厉害，"郝银瞬间兴奋了起来，拎着兔子进了屋，把他放到专业设备上来来回回检查了半天，似乎对现状并不满意，嘀嘀咕咕道，"看来我的装备还有进步的空间，改良之后应该会更适合你，你接下来几天就不用出去了，我随时会找你试验新武器。"

秦渺渺心想：才不要呢！我还要出去找雷欧彦呢！

可每次刚跑出去十米远，他就被一股强大的磁场力给拉了回去。秦渺渺根本离不开这个地方，他试了好几次，闹得动静不小。

郝银烦了，将他锁起来，还取笑他："怎么老往外跑，是不是恋爱了，找到小母兔了？"

找你个头！秦渺渺也折腾不动了，趴在笼子里不吃不喝生闷气。

郝银长见识了——原来兔子这种东西脾气这么大。

他懒得管了，现在还需要去修补结界的缺口，然后回来好好研究新武器，力图将兔子打造成荒原霸主。

修补结界花了三天的时间。第三天傍晚,郝银从外面回来,走到家门口忽然觉得有些不对劲。

气氛不太对,好像有人来过。

他先看了下兔子,定位还在原地,看来不是偷兔子的,那是来干吗的?

郝银忽然神色凛然,知道是谁了。

他火速推开门,风铃来回晃荡了一会儿,声音清脆,然后渐渐安静下来。

果然是雷欧彦。他正悠闲地玩弄着郝银新发明的东西,跟他自己家似的。

郝银看着少年的背影,一年没见,长高了,更挺拔了些,但比起以前连头发丝都透着种凌人的冰凉感,这次好像柔和了一些。

当然,也有可能是自己的错觉,因为这小子向来不好惹。郝银把东西随手丢在一边:"臭小子,你来干吗?"

说着,郝银阴恻恻地按动自己新发明的机关,忽然之间万箭齐发。郝银得意扬扬,以为终于能对付得了这臭小子,谁知道雷欧彦比以前更敏捷了,轻松躲开了。

竟然小瞧了他。

郝银又迅速按下几道开关,各种暗器目不暇接。两人还交手了几招,郝银气喘吁吁瘫坐在地上,连忙摆手:"不行了,不行了,

我不行了，要什么都不行，要我命可以。"

雷欧彦拍拍手，整理了一下自己："你的命就不要了。"

郝银慌了："你的武器已经够好了，我没有更好的了。"

"谁说我要武器了？"

"那你要什么？要我吗？"郝银说完似乎想到什么，立刻跳起来，"你想要抢我的兔子去领悬赏金？"

雷欧彦似乎并不在意郝银为什么会觉得他缺那点悬赏金，问道："什么时候变成你的兔子了？"

"我捡的，当然是我的！而且他现在跟我有债务关系，是我这里的小工。"

雷欧彦冷笑一声，不甚在意："兔子呢？"

"你真想要？"

雷欧彦没说话，光眼神就让郝银心里起毛了。

郝银哼了两声："那也不是不行，叫声姐夫听听看。"

郝银典型的欺软怕硬，有贼心没贼胆。毕竟男子汉大丈夫，能屈能伸，郝银在桌子前坐下来："算了，要兔子也不是不行，但你也懂我的规矩，我从来不做亏本的买卖，哪怕你是我的小舅子。"

雷欧彦眼神落下来，郝银别开脸拨弄算盘，十分钟后，脸上神色暗喜，把算盘推到雷欧彦面前："堂堂执行组一队长，这个价格不过分吧？"

雷欧彦抬起目光，审视着他。

郝银虽然心里发怵，但绝对不会对钱让步，一拍桌子："想要兔子连这个钱都舍不得，我看你也不是真的想要。"

"一起算吧。"雷欧彦不知道什么时候摸到了一副白色耳机，放到郝银面前。

郝银惊了，怀疑雷欧彦是不是在他这里安装了监控，为什么每次来都能找到他这里最值钱的东西。

秦渺渺睡醒了，好像做了个梦，梦到自己和雷欧彦大打出手，最后他打败了雷欧彦。

他坐起来，还有点蒙，梦里的自己两次突变，一次突然变成了怪物，另一次变成了人，想着该不会自己身上藏着什么大秘密，到最后真的成了怪物大佬，与雷欧彦针锋相对吧！

想到这里，秦渺渺忽然紧张了起来，好像下一刻就要跟雷欧彦决一死战一样。

电视上还在播报前些天的水源 A 计划，今天公布了出征队伍。秦渺渺本来不感兴趣，一眼划过去看到了雷欧彦的名字。他走近了看，七个队伍，雷欧彦那一队却只有他一个人的名字。

秦渺渺心里有种说不上来的感觉，可立马又意识到他并不是专程来找自己的，只是来执行任务的，心里的落差感油然而生。也是，

怪不得这么多天雷欧彦不来找他！

秦渺渺盯着屏幕上雷欧彦的照片，恨不得把屏幕盯出个窟窿。

"看得懂吗？"秦渺渺愣了一下，还以为自己幻听了，回头一看，果然是雷欧彦。他站在门口，抱着双臂靠着墙，继续问道，"还是因为看到了我？"

是！看到你了，一看到你就来气！秦渺渺偏不理他，还故意跳远了些。

雷欧彦也不急，走进来看了看，东摸摸西碰碰，最后停在郝银关兔子的笼子旁边，问道："郝银虐待你？"

虽然也没有真的虐待，但一提起这两个字，秦渺渺就委屈了，嚣张的气势也瞬间消了一半。

还好意思讲别人，你还想吃我呢。

雷欧彦笑了一声："那我走了。"

去哪里啊！秦渺渺立刻追上去，发现雷欧彦也并不是真的要走。

算了，秦渺渺泄了气，不跟自己较劲了，三两下蹦到雷欧彦背后的武器上赖着不走了，好像这里也变成了兔子的地盘似的。

秦渺渺心里傲娇地想：既然你只有一个人，那我陪你好了。

雷欧彦忽然问道："想好了？"

秦渺渺这才注意到雷欧彦不知道什么时候戴上了新耳机，还挺酷的。但他并没有多想，往后一靠，双手枕在脑后：这有什么要想好的，我向来说走就走！

话虽然这么说，可他们刚出门就被郝银拦下了。

秦渺渺狐假虎威，站在雷欧彦背后趾高气扬地望着郝银：我现在有搭档了，别以为我还会怕你！

"叽里咕噜说什么玩意儿。"郝银懒得理兔子，不知道按下什么东西，秦渺渺立刻自动飞了过去。

秦渺渺慌张地看向雷欧彦，可雷欧彦竟然安然不动，还跟看好戏似的。

这两人该不会商量好了怎么吃他吧？秦渺渺被钉在郝银的实验台上，闭上眼睛，心里又开始骂雷欧彦是骗人小狗，妖言惑兔。

忽然，身上的战服松动了，他睁开眼，还没明白是怎么一回事，郝银不知道又从哪里摸出另一套战衣，满眼放光地介绍道："这是升级版的战衣，作战功能更多，安全性更高。当然，价格也更贵。你看，它能这样，还能这样……"

郝银说着，衣服不知道什么时候又套到秦渺渺身上了。秦渺渺崩溃极了，赖在地上想脱掉，郝银一掌拍到他头上。

干吗打我？

"赔得起吗？"雷欧彦忽然开口，没头没尾地说了一句。

郝银果然收手了，朝雷欧彦挤眉瞪眼："早知道你小子现在这

么脸臭，就趁着你小时候多揍你几次。"

雷欧彦没理他，冲秦渺渺说："过来。"

秦渺渺立刻蹦了过去。两人走的时候头也没回，就这么渐渐消失在视线里。

郝银心里酸得很，这兔子在他这里少说也待了一个月，每次防他跟防狼似的，现在遇到真正的大尾巴狼倒迫不及待扑了过去。

到底是兔子还是小狗？

居然会可怜巴巴地望着雷欧彦，还迫不及待地奔向雷欧彦。雷欧彦不在的时候，这兔子就像是主人离家的小狗，日复一日地等着主人来。

郝银一开始就知道这是雷欧彦的兔子，这只兔子名气多大啊，把基地闹得鸡飞狗跳，又突然出现在这里。

郝银还以为雷欧彦不会要了，没想到他真的会来接他的兔子。

:: Chapter.7 ::
软肋与铠甲

1.

秦渺渺觉得自己身上这套战衣越看越不错，黑色的束带跟雷欧彦身上的如出一辙，有点搭档的感觉。小布包里装着几样郝银送的武器，说是赠品。秦渺渺还心想：我也没买他什么东西啊，该不会是答谢我替他当了一个月的跑腿小兔吧？看来郝银这人有时候也挺像个好人的。

他嘴里叼着半根胡萝卜，跷着腿躺在雷欧彦背后，连路都不需要自己走，猜测雷欧彦可能就是传说中的"滴滴打雷"吧。

雷欧彦侧头看了他一眼，秦渺渺并没有察觉，忽然一顿，掉在地上。他立刻警备地站起来："发生什么了？！"

雷欧彦居高临下地问道："吃饱了？"

秦渺渺摸了摸肚子：差不多。

"我饿了。"

秦渺渺不明白雷欧彦的意思，一抬头，发现雷欧彦眼神有点不对，他赶紧捂住自己：饿了就饿了，看我干吗，该不会想吃我吧？

"也不是不行。"

秦渺渺压根儿没有意识到雷欧彦是怎么能听懂他说话的，只是胆战心惊：真的要吃我啊？

雷欧彦蹲下来，胳膊搁在膝盖上，一点都不像开玩笑："去找点吃的。"

上哪儿找吃的啊！秦渺渺往四周看了一圈，这里以前应该是个还挺热闹的村庄，道路两旁是整齐排列的房子，像是中世纪的风格，现在已经没人住了，破落不堪，清冷又萧条。风一吹，传来空荡荡的回响，像是鬼屋。

秦渺渺打了个寒战，回头可怜巴巴地看着雷欧彦：这里怎么会有吃的啊？

谁知道雷欧彦完全不吃这套，语气平平，一点都不像要挟："不去的话那就只有吃兔子了。"

去就去！秦渺渺气呼呼地往前走，一步三回头，可雷欧彦竟然也没有喊他回去的意思。好生气啊。这人根本没有把他当朋友！跟揣了一只小猪仔一样，随时都准备宰了吃掉。

秦渺渺看了看天色，太阳快落山了，他加快了步子。新战衣比之前那套要轻便很多，他适应得也更快。秦渺渺三两下跳过去，停在村口，这里有一块石碑，经过漫长岁月的洗礼，上面的字迹已经有些不清晰了。秦渺渺仔细辨认了一番，才看清第一句是"我等点亮的灯"。

秦渺渺觉得自己好像在哪里看过这句话，他往里看了看，走了进去。

果然，房子里面积满了厚重的灰尘，除了破烂腐朽的家具几乎没有别的东西。秦渺渺不小心碰到什么，头顶立刻坍塌了一块。墙体掉下来，还差点砸到他。

这么危险雷欧彦还让他来找吃的，是不是人啊！秦渺渺抖了抖身上的灰尘，忽然耳朵竖起来，好像听到了什么动静——是人的声音。

他朝某个方向看过去。

雷欧彦是故意支开秦渺渺的。

他往前走了些，拐进一个巷子，再往里走，有一间独立的小屋。他推开门，一股刺鼻的气味扑面而来，房间里空荡荡的，只有一张桌子，以及角落里的一个篮子，看不清里面装的是什么东西。

"吱呀"一声，里屋的门开了。

雷欧彦看过去，地上匍匐着一个人，形容枯槁，衣衫褴褛，不辨男女。那人动作缓慢地爬出来，然后缓缓抬起头，只见他五官都已经凹了进去，已经说不上是人了，而像是一具干瘪的尸体。

　　他吃力地伸出手来，仿佛在向雷欧彦求救。

　　雷欧彦皱了皱眉，没有动作。下一刻，那人的手忽然像鞭子一样朝着雷欧彦抽过来。雷欧彦躲开，只见那手瞬间顺着手指分成了五股，每一股都有不同的属性和颜色，代表着金木水火土，又仿佛是五个活物，一齐向雷欧彦袭来。

　　这东西根本不是人了。

　　空间太小，雷欧彦施展不开，右手被其中一根灰色的手指缠住，力度之大仿佛生生要将他的手指绞断。

　　雷欧彦咬牙，弹跳起来，幸好手里还有郝银给他的一些道具。他燃起一簇火焰，那手指瑟缩了一下，可转眼又开始吸收火焰，逐渐变红。

　　雷欧彦趁机挣脱，退开一些距离。手里不知道什么时候多出一个圆球，他将圆球往角落里一扔，瞬间弹出一个金刚罩，像笼子一样暂时将怪物困住了。

　　雷欧彦终于得以停下来。每个怪物都会有自己的弱点，他起初以为是五种属性相互克制，但实际上，他们会在瞬间吸收彼此的属性，水化火，火化金，金化木，相互制衡又相互滋养。

换句话来说，怪物的软肋同时也是它的铠甲，所以跟它硬碰硬并不是什么好办法，更何况到现在它都只用了一只手，两只手的实力可想而知。

而要解决怪物最快的方式便是找到它的核心在哪里。

雷欧彦不缓不急，将手缠上布条，再抬眼时像是换了个人一样，周身笼罩着一股凌人的气息。与此同时，金刚罩破裂，怪物再次席卷而来。

一时之间轰鸣声四起，硝烟弥漫，谁也看不清里面战况如何。

天已经暗下来了，秦渺渺顺着动静找来，是一片竹林。林子里弥漫着诡异的浓雾。他犹豫了一下，走了进去。

他看到一个小男孩。男孩子背着背篓，衣衫褴褛，正在地上挖着什么东西。仔细看过去，好像是冬笋。

秦渺渺奇怪了，现在不是夏天吗？怎么有冬笋？而且这里怎么会有人类？

小男孩回过头来，也看到他了。男孩的皮肤偏黑，脸上脏兮兮的，瞳色很深，却也因此显得格外纯真。小男孩看到兔子并不意外，反而像是见到了老友一般亲切："你也是来找吃的吗？"

秦渺渺蹦过去。

小男孩拿着锄头，表情格外认真，动作格外轻柔，像是在挖一

件遗世的珍宝一样。他许久才能挖好一个，然后小心地放进背篓。

秦渺渺这才注意到，他的手指格外长。

"你也要一个吗？"小男孩忽然问道。

秦渺渺犹豫了一下，点了点头。

"那我们去那边找找吧。"

可是……秦渺渺刚进来的时候就发现了，这里有很强烈的怪物气息，但靠近男孩的时候，那气息又消失了，就好像是在风暴眼一样。

小男孩好像一点都不畏惧，径直往前走去。

忽然传来一声长号，前方出现一道莹绿色的光，是一只三头鬣狗。它亮着獠牙，很明显是饥饿至极，对眼前的这两个食物垂涎欲滴，却又好像在忌惮什么，始终不敢靠近。

明明怕得要命，秦渺渺还恬不知耻地想：该不会是看我威风凛凛不敢动吧！

可男孩丝毫不见慌乱，仿佛在看路边的一棵普通的树一样。他回头问兔子："你害怕吗？"

秦渺渺背后都湿透了：能不害怕吗？要不是看这里有个人类，我才不会进来。

"可你们以前应该是一样的吧，为什么要怕它？"

小男孩语气很平淡，不掺杂任何感情在里面，却问得秦渺渺一愣。他不知道小男孩是看穿他怪物的本性了，还是指怪物以前也只是一只小动物。

秦渺渺心里发虚，连心声都是磕磕绊绊的：因为它会吃掉我们。

"他不会的，"小男孩似乎能听懂他说话，又偏着头问，"那你要不要救他？"

秦渺渺越发觉得诡异起来，他看了眼怪物，摇头。

小男孩笑起来，露出瓷白的牙齿："好哦。"

忽然，只听"砰"的一声，那三头鬣狗竟然自爆了，身体被炸成了碎片。秦渺渺都没来得及看清发生了什么，只听到"咕噜咕噜"的声音，其中一个头滚到了他的脚边。

他下意识地往后退开了一些，看见从地底下爬出一根藤蔓，缠上那颗头颅。

"真的不要救他吗？"

小男孩又问了一遍。秦渺渺没有回应，而下一刻，那藤蔓便像是有了生命似的，插进怪物的头颅，将它吸食，而后只剩一摊污水。

秦渺渺看呆了，而小男孩自始至终没有任何表情，像是一具傀儡。秦渺渺这才意识到，在这个弥漫着怪物气息的地方，他们周遭怪物气息微弱的原因不是因为他身上有郝银的防身武器，而是因为有什么在保护这个小男孩。

"你没有要保护的东西吗？"小男孩问他。秦渺渺摇头，却又蓦地想起雷欧彦来，可雷欧彦有什么需要保护的呢？

雷欧彦可以保护这个世界!

"我们走吧。"小男孩没再继续问下去。

秦渺渺犹豫了一下,跟了上去。

没走多远,忽然听到一声巨响。他们回头,只见村子的方向一片火光冲天,火星几乎蹿到了天上,将天空烫出个窟窿,月亮摇摇欲坠。

秦渺渺耳朵一竖:雷欧彦!

而小男孩的脸上也头一次有了表情,他惊慌失措,扔下篮子,然后飞一样狂奔过去。

两人到的时候,那间屋子已经炸开了。硝烟散去,雷欧彦浑身沾着血,怪物也好不到哪里去,五根手指短暂地缩了回去,趴在地上难以动弹。

短暂的僵持期间,雷欧彦举起枪炮,准备扣动扳机。

"不要啊!"小男孩大喊一声,朝那边跑去。

雷欧彦侧过头来,和秦渺渺四目相对。他本来不想让兔子看见的,不想让兔子看见自己这样残忍无情的一面,可现在似乎也不重要了。

秦渺渺愣愣的不知道做何反应,他知道地上的是怪物,可是小男孩是人,而且小男孩张开双手挡在怪物面前,目光祈求地看向雷欧彦。

雷欧彦却好像并不在意,没有要停下来的意思,他唯一的目的便是铲除那只怪物。

雷欧彦!秦渺渺在心里大喊一声。

雷欧彦好像是听到了,顿了一下。就在这个空隙,从地底钻出一条藤蔓,瞬间将秦渺渺和小男孩缠在一起,然后眨眼便将他们拖了过去,又瞬间钻进地底,消失不见。

雷欧彦放下枪,有什么滚到他的脚边,他低头一看,是一个苹果,是兔子给他找来的吃的。可是兔子呢?他仿佛又看到在植物园的时候,兔子的眼神充满了胆怯恐惧。

他知道兔子怕他,可这就是本来的他。他藏不住,也留不住那只兔子。

2.

秦渺渺吃了一嘴的土,差点噎死,捂着胸口咳了半天才喘过气来。

他打量着四周,他们现在在一片湖边,两岸不知道是什么植物,像是芦苇,却又在月光下呈现出一种淡淡的粉色,宛如冬天冻红的鼻尖。风一吹,它们轻轻缓缓地晃动,仿佛扫在人心口,时间都温柔了下来。

小男孩说这个地方叫红棉林，很隐蔽，不会有人能找到这里的。

他正在帮怪物清理伤口，而那怪物此时也没有任何的攻击性，它靠在树干上，除了一根手指像绳子一样缠在秦渺渺的脚上，看起来就是一个普通的行将就木的人类而已。

秦渺渺看得出来，这就是背地里保护小男孩的东西。

"对不起，"小男孩忽然说道，"可我不能让你朋友伤害他，因为他是我的朋友，他叫布洛德。"

秦渺渺愣了一下，看向布洛德，它好像是睡着了，闭着眼睛，在像人类一样呼吸。

或许它以前真的是人。

"是的，"男孩真的能听到兔子的心声，在兔子旁边坐下来，"我们以前是好朋友，后来怪物来了，他为了救我，被怪物吃掉了。"

"可是他并没有死，而是在怪物的身体里，看到怪物要来吃我，他便从里面吃掉了怪物，才会变成现在这样子。"小男孩淡淡地陈述着，没有恨意也没有痛苦，好像那些情绪已经在与布洛德的日夜陪伴里被稀释掉了。

"可他没有变坏，他还记得我，一直在保护我。"

秦渺渺想说可是它还是怪物，他潜意识里一直觉得所有的怪物都是没有理智，只有杀戮和暴力的，这个世界的所有人也都是说怪物必须被铲除。

可这只怪物不一样,它有要保护的人,甚至有自己的情感。

男孩问道:"你们一定要杀了他吗?他没有杀过人类,也没有犯过什么事。就因为保护了我,所以必须死吗?"

秦渺渺也不知道,但他知道,雷欧彦很快会找到这里来。他身上有追踪器,雷欧彦找到这里并不难。

在这个乱世里,他只是一只对任何事情都无能为力的兔子而已。

小男孩看出来他的犹豫,于是站起来,走到布洛德旁边,和它靠在一起,像是并蒂的果子一样,相依为命,说道:"没关系的,不管发生什么,我都会陪着他的。"

红棉林之所以隐蔽,是因为外围是一片迷雾森林,里面有无数怪物,这里是它们生活的地方。而布洛德一直以来就好像是狮王般的存在,所以男孩才能安全地生活在这里。

但现在布洛德受伤了,奄奄一息,便有怪物蠢蠢欲动,露出獠牙,在暗处死死盯着他们,好像随时都会扑过来,气氛越发紧张起来。

布洛德似乎也察觉到了,悠悠转醒,发出一声嘹亮的嘶吼,那些躁动不安的声音瞬间安静了下来。

但也只是片刻,有一些饥渴难耐的怪物已经冲上来了,却都在快要靠近他们的时候被布洛德消灭。他们好像在一个安全圈里,可是不难发现,安全圈越来越小了。怪物离他们越来越近,很快就要

冲破这层屏障。

对于怪物来说，诱人的不仅仅是兔子和人类，还有这只蕴藏着巨大力量的布洛德。

秦渺渺好像察觉到了什么，他忽然站起来，冲男孩说：我帮你引开他们，你们可以趁机逃走，但你先放了我。

这里的他们包括怪物和人类。小男孩不解："为什么？"

秦渺渺眼神忽然无比坚定：因为我跟他们不是同类，我也有想要保护和珍视的东西。

布洛德嘶吼的威慑力微乎其微，却惊动了外面的人。

"听到什么了吗？"李维森挥手，一行人停了下来。身后的技术员手里拿着的表盘，忽然指着某一个方向开始滴滴作响。

"那边有很强烈的怪物反应。"

"看到了，"李维森叼着长烟，从摩托艇上下来，看着前面孤独的人影，"有他在的地方很难没有怪物。"

雷欧彦就在前面，挺拔而立，目光凛冽地看着眼前的这片森林。

李维森走上前，瞥了一眼雷欧彦，注意到他身上的伤，说道："看来你已经跟怪物交过手了，但很难想象能有怪物从你手里逃走，是故意的吧？"

更何况克里斯那里的情报说的是 II 级怪物，对于雷欧彦来说，

II 级怪物根本不算什么,他不至于受这么重的伤。

除非……

李维森如梦初醒,难道其实并不是 II 级怪物?大抵是怪物反应太强烈,冲断了信号。

总部那边的信号有些失灵,李维森一时之间呼叫不到他们。

而雷欧彦对于李维森的到来根本没有反应,已经迈开腿径直朝林子里走去。

李维森又被忽视了,气得冒火,冲他喊道:"你知道里面的怪物反应有多大吗?你这个样子进去是想送死?"

可雷欧彦并不听,他向来这样,死对于他来说并不是威胁,他没什么要怕的。

"疯子!"李维森很气愤,却还是跟了上去。

人类再厉害,掉进狼窝里也很难脱身,更何况雷欧彦刚经历了一场战斗,现在体力和状态都下降了许多,应付起来有些许吃力。

而且迷雾森林之所以叫迷雾森林,成了怪物的老巢,就是因为在很长的一段时间里,进来的人就没有一个能走出去。

李维森紧紧跟在他后面,不懂他为什么要这么莽撞地冲进来。才走了一小段路,李维森就已经气喘吁吁了。

李维森靠着树干休息,谁知那树竟然也是怪物,他差点被吞掉。

只见月光下一道白影闪过，像是子弹一样弹过来，随即他背后的怪物应声倒下。

白影落地，李维森晃了下神，还以为自己看错了，竟然真的是那只兔子！一句脏话就在嘴边，可又觉得不对，这只兔子以前有这么厉害？

而且怎么说呢，给他一种兔版雷欧彦的感觉。

秦渺渺并没有理会李维森，三两下跳到雷欧彦那边，替雷欧彦解决了背后的怪物。

雷欧彦看到兔子的时候微微愣了一下，因为没想到兔子会主动回来。秦渺渺也无暇顾及其他，现在状况要多危险有多危险。

兔子在前面带路，因为感官灵敏，他们暂时摆脱了那些怪物，可迷雾森林太大了，除了布洛德，哪怕是秦渺渺也没法轻易找到出口。

走的时候男孩提醒过秦渺渺，可秦渺渺当时还是义无反顾地一头钻了进来，因为他知道雷欧彦在里面，他要来找雷欧彦。

3.

他们暂时找到了安全区域，是一个山洞。

雷欧彦伤势严重，秦渺渺从包里拿出郝银给的药丸，递到雷欧彦的手里，可也只能暂时缓解疼痛。

　　李维森也有些应急的药，冷着脸丢了过来。不知道从什么时候开始，他对雷欧彦的态度缓和了许多，却搞不清楚自己为什么要这么做。明明一想到雷欧彦是杀人凶手心里还是愤愤难平，可又觉得也许真的是自己误会了什么。

　　李维森懒得想了，出去找了些树枝回来，燃起了火堆。

　　雷欧彦在处理伤口，秦渺渺则坐在他旁边，一副大气都不敢出的样子，跟受伤的是自己一样。

　　李维森眼珠子都快翻没了，说道："我出去看着点，顺便找信号联系克里斯。"

　　可是压根儿没人理他。李维森懒得跟他们计较，出去了。

　　对于雷欧彦来说，这并不算什么伤，他很快便处理完了，发现兔子的表情好像比他还疼。

　　他低着头，漫不经心地问："你放走了他们？"

　　秦渺渺一愣，心虚又傲娇：我还不是因为想回来找你。

　　雷欧彦抬眼看兔子："所以当时也是故意的？"

　　雷欧彦说的是在村子里的时候。秦渺渺这次无话可说了，当时他也有点害怕，怕雷欧彦并不在意男孩的死活，依然会开枪。

　　好在雷欧彦没有。想到这里，秦渺渺心里忽然一阵热涌翻上来，鼻头酸酸的。好像好久没有过这种被人在意的感觉了。

"为什么要这么做?"

秦渺渺心想：因为他们也不是坏人啊。

其实他也不知道自己做得对不对，可当时没有时间想那么多，而且他只是一只普通的兔子，或许永远也无法做到顾全大局，只能看到眼前的小情小义。

毕竟他从来都是完全顺着自己内心的第一感觉，不然也不会跟着雷欧彦。

雷欧彦笑了笑，没再问下去。兔子回来的那一刻他就不想再计较什么了。

雷欧彦抬眼看向外面，入目一片漆黑，偶然传来几声野兽嘶鸣。他忽然开口："也许我们根本帮不了它。"

秦渺渺看过来：为什么？

"因为人类会为了达到目的不择手段。"

NAT基地总部会议室，这是戴蒙第五遍看雷欧彦和怪物战斗的影像。

克里斯站在旁边，起初不太明白戴蒙的意思，可越发觉得其中有什么正破土而出。忽然，灵光一现，她有些诧异地看向戴蒙："这只怪物……"

"III级怪物，五行兽。"

在人类历史上记载着一些关于怪物的信息,其中便有五行兽,传说中是外形似貔貅的猛兽,五指奇长无比,分别代表着金木水火土,能量无穷无尽,耗之不竭。

七十年前曾经出现过一只,那时候人类还没到绝望的时候,抓了五行兽把它困住,把它当成矿山,挖掘了不少金子。

后来不知道怎么回事,五行兽不见了,有人说是死了,有人说是被放走了,至于到底去哪里了,无从得知。

没想到如今又出现一只,而且还是人形。

戴蒙双手撑在桌面:"所以要找到水源的话,只要让他把水放到主属性上就行了。"

"可是这要怎么做?"克里斯不太明白。五行兽遇火化火,遇土成土,想要它变成水的话,又要怎么找到本来就匮乏的水资源呢?难道要把它泡到水里?这显然是不可能的。

戴蒙不缓不急,又将视频放了一遍,画面停在结尾处,他用手指敲了敲桌面,缓缓地说:"找到他就行了。

"然后用火。"

画面里是那个男孩。

克里斯马上就明白了戴蒙的意思,微微一愣:"可他是人类。"

"一个人而已,"戴蒙面无表情,语气堪比寒冰,不带一丝犹豫,"关系着整个人类的存亡,这样的选择你不会不知道要选哪个

吧？执行长。"

"可是……"克里斯沉默了。如果她只是一个普通人，她会毫不犹豫地选择那个孩子，可她现在肩负的是人类的存亡，她根本就没得选。

克里斯咬牙："我知道了。"

所以他们要抓那个男孩，然后将布洛德引出来，逼它变成水？

秦渺渺终于明白过来了，可是它从来没有伤害过谁，为什么要这么做？

雷欧彦没有办法同一只兔子解释那么多，也无法安抚兔子现在的情绪。

秦渺渺立刻转身跑了出去，好像能找到男孩似的，一头扎进夜色里。

李维森也从通信器里知道了这件事，他没有想到他们连水源都找不到，最后要把希望寄托在一只怪物身上。

李维森进来，神色正经了许多，问雷欧彦："现在要怎么办？"

"他们找不到男孩的话，也许会烧了这里。"

李维森神色一僵："你说这片森林？"

确实，火势太小的话要不了多少水，所以他们要制造一场无法浇灭的大火，这样才会有源源不断的水。

李维森忽然想起什么来："那我们怎么办？"

"我们重要吗？"

李维森心里一沉，饶是他平时再怎么不可一世，身份如何尊贵，他也明白，自己不过是一个普通人，在这个世界里，任何人都可以随时被牺牲，包括他。他只是一直不愿意面对这件事而已。

而雷欧彦不同，雷欧彦好像一直都懂，所以才会把自己的命看得很轻。

"你愿意吗？"李维森忽然问道，"就算这样，命也是我自己的，轮不到他们来安排。"

"所以我会坚持到最后一刻，"他转身，又说道，"雷欧彦，我知道你一直觉得你的命不重要，从来不把命当回事，甚至巴不得谁来替你结束这场人生，可现在不一样了。"

他沉默了两秒："那只兔子看你受伤都会跟着疼，应该不会愿意看到你去送死。"

而此时，远处红光漫天，火势汹涌，空气里全是树木烧焦的味道，怪物也开始狂乱暴走。

秦渺渺停在山洞门口，他没想到基地的人这么快就来放火了，如果他们再不出去的话，不是被火烧死，就是被怪物踩死。

而且怪物已经找到这里了，怪物并不像野兽会畏火，有些怪物反而遇火则凶，越发难缠。也有些怪物像是火种一样从天而降，很快便点燃了一片。

整座森林瞬间燃烧起来，他们被困在火焰中央，几乎找不到出路。

光是高温和浓烟就足以要了他们的命，更何况雷欧彦现在伤势惨重，李维森也已经快体力不支。

两人一兔并肩而行，准备杀出一条血路，但怪物就像是自来水一样源源不断。李维森趁机放出求救信号，又反手砍死一只怪物。

突然间，又是一只三头鬣狗，朝着雷欧彦那边扑过去。雷欧彦踉跄一下，竟然就这么被扑倒在地。

雷欧彦！秦渺渺回头大喊一声，他冲过去，小短刀一下扎进鬣狗的身体里，鬣狗倒在地上，抽搐不停，瞬间变成一摊污水。

这是秦渺渺第一次杀掉一只怪物，他瞪大了眼睛，双手还是颤抖的，可他无暇去顾及太多。

雷欧彦倒在地上，似乎是晕了过去，没有了意识。秦渺渺跑过去，叫不醒他，而李维森此时也分身乏术。周围火势越发汹涌了起来。

兔子咬住牙，开启战衣的飞行模式，想带着雷欧彦飞起来。可是他毕竟是一只兔子，更何况火苗灼人，距离地面不到半米他便坚持不住了，一人一兔摔在地上。秦渺渺奋力想再次抓住雷欧彦的手，忽然，有什么缠住了他。

下一秒眼前一黑，只听李维森也发出一声尖叫，随即便失去意识了。

秦渺渺是最先醒过来的，他环顾四周，发现自己正身处在一道火圈里，抬头是一个巨大的笼子，而笼子里的人正是那个男孩。

秦渺渺愣了一下：他还是被抓住了！现在又是在哪里？

"是我让布洛德去救你们的，你的同伴现在在外面人类的驻地，他们都很好。"

秦渺渺明白了，慌忙又问：那布洛德呢？他们想用你来逼布洛德出来，你们为什么不躲起来？

"我知道，"男孩并不惊讶，也不害怕，如果布洛德是安全的，那对于他来说，其他的一切事情都不重要。"他现在很好，不会出来的。"

秦渺渺松了口气，又问：你为什么会被他们抓到？布洛德可以救你出去吗？

男孩摇头："布洛德是怪物，无法靠近这个笼子的。"

秦渺渺这才注意到这是专门用来关押怪物的笼子，上面有对怪物致命的东西。饶是布洛德再厉害，男孩也不会让它冒这个险的。

那现在怎么办？秦渺渺忽然想起什么，蹦上去，想要打开这个笼子，雷欧彦的声音蓦地响起。

秦渺渺回头看他，以为他是来阻拦的，正要继续，却听男孩说："他是怕你受伤。"

秦渺渺愣住了：可我又不是……

而这间隙，雷欧彦已经走上来了，他轻松打开笼子，将男孩扶出来。秦渺渺这才注意到雷欧彦的脸色极其惨白，连嘴唇都没了血色。

他大概是醒来的第一时间就赶了过来，好像一开始就知道秦渺渺会做什么。

秦渺渺跟在他们后面，这才发现他们在一个帐篷里。基地的人似乎在这里设立了驻地，准备将五行兽一网打尽。

而负责看守他们这个帐篷的人全部晕倒在门口，很明显是雷欧彦做的。

远处还能听到李维森暴跳如雷的声音："知道我是谁吗？知道我在里面吗？知道还敢放火？知道还不派架直升机来接我？"

所有人的注意力都被吸引了过去，倒显得这边格外安静。

地面缓缓鼓动，像是跳动的脉搏。雷欧彦看了一眼，说道："先走远一点再出来吧，在这里很容易被发现。"

秦渺渺在前面带路，不知道走了多远，但确定这里已经足够安全。不远处就是着火的森林，从外面才能看到火势有多汹涌。而这火焰还在继续，吞噬的范围越来越大。

秦渺渺心里发怵，要不是五行兽来救他们，也许他们现在已经变成灰烬了。可他并不知道为什么男孩要让五行兽来救他们。

男孩收回目光，忽然问道："你那个时候说你也有保护和珍视的东西。除了他以外，还有我，对吗？"

秦渺渺愣了一下，回头看了一眼，见雷欧彦并没有跟过来，而是在树下等他。

秦渺渺摇了摇头：不是你，是你和布洛德之间的羁绊。

男孩子笑了，这好像是男孩第一次这样发自内心地笑。

"谢谢你。"

秦渺渺不明白他的意思，男孩却并没有回答，只说："我也是，所以我不后悔。"

他看向远处，火焰在他瞳孔里跳动，仿佛有了生命，而他身上也终于有了色彩，鲜红热烈："我们知道他们想做什么。我和布洛德不会后悔。"

秦渺渺不明白，有些担忧地看向男孩。

但男孩只是笑笑，然后跟他道了别，随即便消失在夜色里。

秦渺渺心里空落落的，想起自己还没来得及问男孩的名字，可是已经来不及了。

"走了。"雷欧彦在前面喊道。

秦渺渺转身朝他跑去,原本想跳到他身上,可看他实在是虚弱,便放弃了。

下一秒,耳朵一痛,雷欧彦弯腰拎起他,放在后背。秦渺渺愣了愣,嘴角止不住上扬,却还是偷偷打开了飞行器,想让自己轻一点。

雷欧彦侧头看了兔子一眼,也微不可察地扬起了嘴角。

第二天下雨了,秦渺渺又看到了村庄门口的那块石碑,经过一夜的雨水冲刷,上面的泥土已经被清洗干净了,这才露出完整的字来,是一首诗——

  我等原野的风
  我等云彩带来的消息
  茉莉叶的窗帘飘起,玫瑰花就会显现
  我注视来往的人们
  我等点亮的灯,照耀我爱的人们,和爱我的人

秦渺渺这个时候才意识到发生了什么,也终于明白男孩子那天说的那句不后悔是什么意思。

他没有等到原野的风,也没有等到窗前的玫瑰花,灯也没有亮

起来。

他珍视的,是布洛德,以及这个岌岌可危的世界。

那场雨下了整整十五天,地面也忽然开始渗出水来。十五天后,雨停了,世界仿佛焕然一新,从红棉林到主城区,多了一条蜿蜒的河,河水清澈,湍湍流淌,从不停歇,河水像一道流不完的眼泪。

可永远不会有人知道,他原本的名字叫布洛德,是这个世界上一道鲜血淋漓的伤口。

:: Chapter.8 ::
双生怪物

1.

秦渺渺没想到自己还能回到这个地方,他抬头看着鳞次栉比的高楼,仿佛过了一个世纪那么久。城市好像还是以前的样子,又好像有什么变得不一样了。

秦渺渺说不上来。他现在还是一只通缉兔,不敢造次,只能缩在雷欧彦的口袋里,偶尔探出个脑袋看看周围。

可进了总部就藏不住了,秦渺渺主动钻出来,像来自首的。

一人一兔刚过匝道就被拦住了,对方看起来有些面熟,来势汹汹,可撞上雷欧彦气势又稍显弱了些。

其中一人面露难色,支吾着开口:"一队长,这个……兔子……"

他们接到命令,这个兔子应该被单独关起来,之后会有单独的审判。可谁敢从雷欧彦的手里拿走他的东西？

"他跟我一起。"雷欧彦说道。

"可是……"

"有什么事来找我就行了。"雷欧彦说完径直往前走。几人跟在身后也不敢再说什么。秦渺渺这才记起来，他们就是当初从雷欧彦房间带走他的那几人。

两人被送到了地下八层的隔离舱。秦渺渺这才知道战后隔离是他们必经的程序，所以他从这里逃走的那天雷欧彦不是不来救他，而是被关起来了。

想到这里，秦渺渺心里忽然有种被什么填满的感觉，原来雷欧彦并没有见死不救，原来是自己误会雷欧彦了。

雷欧彦察觉到兔子的目光，回过头来瞥了他一眼，好像在说"现在才发现是不是有点晚"。

秦渺渺沉浸在自己的世界里，完全没意识到雷欧彦的目光，还添油加醋地想：没想到雷欧彦看起来冷酷不近人情，原来喜欢我这只小兔子喜欢得要死啊！

雷欧彦脸色越来越黑。

偏偏当事兔对此一概不知，还昂首挺胸走在前面。

舱门缓缓打开，入目是一间纯白色的房间，陈设简单冷淡，白色的沙发，胶囊形状的床。房间有一扇窗户，白色的纱帘被风吹得

飘起来,是一个温柔又静谧的地方。

雷欧彦跟进来,语气冷冷的:"除了没有吃的,什么都有。

"不过现在齐全了。"

秦渺渺一惊:什么意思?该不会又想吃我吧?不过狼来了的故事我听多了,超过三次就吓不到我了。哼,我才不信呢。

雷欧彦问道:"真以为我不吃兔子?"

秦渺渺翻了个白眼:我看你想怎么吃?

雷欧彦晃了晃手里的东西。秦渺渺定眼一看:啊!怎么又是那本《烹饪兔子的一百种方法》?

难道他是一直带在身上的吗?

秦渺渺跳起来,想抢过来,但雷欧彦总是轻而易举就躲开了,一人一兔你来我去好几回。秦渺渺急了,奋力一蹬,蹬上雷欧彦的肩。雷欧彦往后退了两步,忽然仰倒在沙发上。

秦渺渺起初还没发现,站在雷欧彦的胸口,举着手里的书得意扬扬,看过去才发现雷欧彦脸色惨白,额角渗出了细密的冷汗,似乎在极力压抑着痛苦。

秦渺渺这才记起来雷欧彦身上的伤:雷欧彦!

秦渺渺之前给雷欧彦吃过一粒药丸,是郝银给的,可以抑制伤口疼痛,而现在药效过了,他才意识到雷欧彦当时伤得有多重。

雷欧彦再怎么厉害也不过是一个普通人而已,皮肉之苦一点都逃不掉。

秦渺渺慌忙在包里翻找，药已经没有了，也没任何可以帮得上忙的东西，自己又没有任何办法。

兔子快哭了。

这时，舱门开了。秦渺渺回头，进来的是史津塞。他身后跟着一个小医生，原本是来采样的，可看到雷欧彦的样子表情瞬间僵住了。

他立刻跑了过来，甚至顾不上兔子。

"雷欧彦！雷欧彦？"史津塞喊了两声，做了些初步的检查，然后撕开雷欧彦的衣服。只见雷欧彦的右肩处似乎有一个巨大的窟窿，顺着这个窟窿下去，他的右臂上是一道狰狞的伤口，像是盘踞着一条蛇似的。

秦渺渺呼吸都滞住了，只觉得眼前的白色灯光忽然变得昏暗又刺眼，所有东西都开始旋转。他眨眨眼，快要晕过去了。

史津塞似乎也被惊到了，这么严重的伤口，雷欧彦为什么可以一声不吭坚持到现在，就算有止痛药也不可能完全麻痹神经。雷欧彦的隐忍力比他想象的还要强很多。史津塞冷静下来，按照程序取了雷欧彦的血样，交给身后的医生："这个你带回监测组，我带一队长回医疗组。"

随后进来了几个人，是史津塞的帮手。秦渺渺被挤到外面，只

能透过人群的缝隙看到雷欧彦的脸。有人没注意，碰到了兔子，秦渺渺踉跄了一下跌坐在地上。

他看着雷欧彦被抬上医护床，看着他们匆忙出去，看到史津塞走过来。秦渺渺呆呆地抬头：雷欧彦他……

"他没事的。"史津塞轻声开口。

而秦渺渺也终于坚持不住，晕了过去。

秦渺渺是这些天劳累过度，加上短时间里情绪起伏过大才晕了过去。

醒过来的时候是在医院，他眨了眨眼，意识清醒了些便想起来了。他慌忙坐起来，看到雷欧彦躺在他旁边的病床上。

秦渺渺松了口气，他掀开被子跳过去。

雷欧彦躺在那里，病服微微敞开，可以看到肩膀上缠着的绷带。月光照在少年的脸上，冰凉又温柔。而他皱着眉，睡得极不安稳，像是陷入了梦魇。

秦渺渺也不知道自己是被什么蛊惑了，小心翼翼地上前，微微探着身子，对着他的伤口轻轻吹了吹，好像这样就能不疼了似的。

而雷欧彦也竟然真的放松了下来。

秦渺渺抬头，猝不及防掉进了那双深蓝色的眼睛里。雷欧彦不知道是什么时候醒的，半睁着眼睛，就这么看着兔子。

秦渺渺往后趔趄了一步，差点掉下病床，幸好雷欧彦出手护了一下。秦渺渺的表情和动作一样僵硬，直勾勾地看着雷欧彦，生怕这是自己的错觉，眨个眼就会消失。

雷欧彦轻轻勾了勾嘴角，声音沉哑："怎么不吹了？"

幸好兔子不会脸红。秦渺渺这才回过神，目光仓皇又担忧，赶紧问：还疼吗？

雷欧彦此时就穿着一件病服，身上什么装备也没有，并不能听懂兔子说话，但相处这么久了，不需要那些东西，兔子的想法也能猜个八九成。

他知道兔子会问他怎么样，但不知道兔子问的是他疼不疼。

雷欧彦坐起来，说道："有点饿了。"

兔子愣了愣，脸上的表情五味杂陈，纠结又可怜，足足过了一分钟才跳过来，然后紧闭着眼睛，一脸英勇就义的表情，朝雷欧彦伸出自己的胳膊。

吃吧！

预想里的疼痛迟迟没有传来，秦渺渺偷偷睁开一只眼，发现雷欧彦正好整以暇地看着他。

干吗啊……

雷欧彦笑了笑："现在这么自觉了吗？"

秦渺渺有点尴尬了。

雷欧彦笑道:"但我现在这个样子还不太适合生吃兔子。"

秦渺渺收回手,百般呵护地拍了拍手臂,像是宝贝似的:不吃就不吃,是你自己不吃的,以后再想吃就不给了。

话虽然这么说,但雷欧彦确实好久都没有吃东西了,秦渺渺跳下病床,准备去给他找些吃的。

秦渺渺走到门口还回头看了一眼,雷欧彦躺在病床上,侧头看着窗外。他其实看得出来,雷欧彦是被噩梦惊醒的,可他不知道雷欧彦梦见了什么,只是觉得雷欧彦醒过来之后,整个人好像被什么掏空了似的,虽然还是会说笑、会故意吓他,可雷欧彦眼底的孤独好像更深了一些。

就好像一扇怎么也打不开的门,秦渺渺好不容易推开了一条缝隙,见到了隐隐的光,可风一吹,"啪"的一声,门又关上了。

秦渺渺忽然有点无措,他知道雷欧彦有一场噩梦,他也知道自己永远走不进那一场噩梦里,却只想竭尽全力给雷欧彦一场好梦。

现在正是深夜,外面没什么人。

秦渺渺从病房里溜出来,顺着指示牌去医护组的厨房找吃的,有干面包和糖果,他塞了满满一兜。

正准备出去,听到有动静,他赶紧躲了起来。

是医护组的两个小护士进来了,一边给病人准备夜宵,一边小声议论着什么,秦渺渺竖起耳朵。

"你知道吗?克里斯长官的处罚下来了。"

"是什么?"

"据说是撤销她的作战指挥长的职位,调到了巡查组。"

"可克里斯不是前总指挥长亲自任命的吗?谁敢……"

"还能有谁啊……冰山长官。"

直到声音渐行渐远,秦渺渺这才从桌子底下钻出来。克里斯被撤职了?秦渺渺现在才知道为什么这次回来老觉得少了点什么东西了。

以前克里斯总会站在基地门口迎接凯旋的战士,可这次他到现在都没有见过克里斯。

秦渺渺准备先给雷欧彦送些吃的,等他状态好了些再问问他。

医院的走廊狭长幽深,秦渺渺停下来,一眼就望见了站在那头的男人。

男人颀长挺拔,五官俊朗无可挑剔,黑色的外衣下是墨绿色的军装,眼神黝黑,深不见底,仿若冰山。

他单单一眼看过来,就让秦渺渺无法动弹。

脑海里下意识地蹦出两个字:戴蒙。

真是戴蒙,秦渺渺甚至来不及发出声音。空荡的走廊便只剩下食物掉在地上的声音。

而戴蒙刚带走兔子，走廊左边的病房门就打开了。李维森手上打着石膏挂在脖子上，他伤得并不是很重，但医生喜欢小题大做，非得让他住院观察两天。

他默不作声，看着戴蒙消失的方向，似乎在思索着什么。

戴蒙是李维森的父亲从战场上捡回来的小孩，一直跟着李父，沉默寡言，却出奇的坚韧。

李父大概也是看中了他的这个特质，所以从不吝惜教他任何东西。而戴蒙也不负所望，成绩斐然，成为李父的左右手。

后来李父在第二次人异大战中殉职，戴蒙临危受命，顶了上来，也自然而然地接替了李父的位置，成了基地的总负责人。

对于李维森来说，他爸对戴蒙比对他好多了。但也不得不承认，不管是作战实力还是领导能力，戴蒙都担得起。他尊重戴蒙，也尊重自己父亲的做法。

可李维森一直觉得戴蒙少了些人类该有的东西。这也是他始终不肯接受戴蒙在这个位置上的原因。

他大概和雷欧彦一样，都长了反骨，天生要跟这个世界作对。

2.

护士送来吃的,而兔子迟迟没有回来。

雷欧彦叫住准备出去的护士:"有谁来过吗?"

护士摇了摇头,又有些不太肯定:"刚刚戴蒙长官好像来过,但在门口站了一会儿就走了,不太确定是不是他……"

而雷欧彦喝汤的手在听到"戴蒙"两个字时就停了下来,没想到戴蒙会亲自来。

雷欧彦放下汤匙,转眼之间像是换了一个人一样,连声音都冰冷了几分:"知道了。"

护士还以为自己说错了什么话,讪讪出去了,然后立刻拨通了电话。史津塞交代了,要是雷欧彦有什么动作要立刻通知雷米亚,因为只有雷米亚能暂时管得住他。

雷欧彦刚准备出去,雷米亚便进来了,她拦住雷欧彦:"你的伤还没好,现在去找他不是明智之举。"

雷欧彦似乎并没有把她的话放在心上,问道:"我的东西呢?"

他要拿回自己的武器和耳机。

"阿彦!"雷米亚有些无奈,"你根本不是他的对手,也根本不可能找到兔子在哪里。"

"那我要看着他杀了兔子什么都不做吗?"雷欧彦声音平平,

目光移过来，像是蒙上了一层冰霜。

他愣愣地坐下来，只有在雷米亚面前的时候，他才会露出这样无助的一面："雷米亚，那是我的兔子。"

"我知道，"雷米亚心里一阵难过，雷欧彦已经很久没有这样对什么东西有过执念了，她走过去，拍了拍他的头，"你相信我，他不会杀兔子。"

雷欧彦已经明白雷米亚的意思了，戴蒙的残忍冷酷是刻在了骨子里的，他要是能容下一只来路不明的兔子只有一个原因——兔子身上有他想要的东西。

"我知道了，"雷欧彦将那股冲动压了下去，"但我还是要去见他。"

雷米亚说："先把伤养好，我再带你去。"

秦渺渺不知道自己在哪儿，只知道自己被困在了一个巨大的怪物笼里，四周都是胶片似的隔层，没有门也没有窗户，其中一面可以看到外面是一片草地，偶尔有巡逻的队伍路过，大概半个小时一次。可见这个地方的戒备森严。

傍晚在草地上指挥交接班的人竟然就是好久不见的克里斯。她好像并没有因为降职而有什么变化，依然是以前张扬自信的模样。

秦渺渺一时激动，拍打了半天隔层才意识到外面的人是听不到里面的动静。他泄了气,也不知道雷欧彦现在怎么样了。而戴蒙自那天之后也没有出现过。外面的人也根本注意不到他。

他现在就好像站在电视前,徒劳地担忧着屏幕里的人的命运。

忽然,好像听到了开锁的声音,秦渺渺扒拉着跑过去,目光定定地看着墙面上的那一块。刺眼的光照进来,秦渺渺睁开眼,看到了一张熟悉的脸,是李维森。

虽然之前一起作战过几次,但看到李维森的第一反应还是最初在怪物监狱里的恐惧,秦渺渺下意识地想往回跑,却被李维森一把揪住了耳朵。

李维森指着他的鼻子说:"知道我是冒着多大的风险来救你的吗?你不要不识抬举。"

秦渺渺乖乖闭嘴。

李维森正准备出去,又觉得不太行,这么出去太招摇了,他看了一会儿兔子,似乎是犹豫再三才决定好,说道:"打我一拳。"

兔子蒙了,赶紧摇头:我不敢。

"别装了,早就想找我报仇了吧?赶紧的,搞快点!"

秦渺渺还是不敢,李维森急了,说道:"你到底想不想去找雷欧彦?如果就这么出去的话,他们肯定会怀疑我。你打我一拳,我一出去他们就知道我挨打了,就算不知道我被谁打了,但知道我挨打了脾气不好,他们谁敢惹⋯⋯"

话还没说完,秦渺渺跳起来,一个回旋踢,打断了他的叽叽歪歪。其实秦渺渺在听完第一句就做好了打他的准备了。

李维森愣了:"你真打我?"

说完又想起来是自己说的,他只好打碎了的牙往肚子里吞:"行,给我等着,这仇我找雷欧彦报。"

李维森整理了一下,又想着把兔子藏哪里,他左右看了看,好像也只有打石膏的这只手了。他把手藏进衣服里,然后把兔子塞进空袖管,挂在胸前。看样子并没有什么不对劲。

他咬着牙警告道:"别出声,别放屁,天塌下来了你也不准动。要是被人知道小爷来这里偷兔子,我以后都没脸活了,听到没?"

秦渺渺窝在袖子里点头如捣蒜:放心,别的不行,装死我最行。

李维森刚走没几步就碰到了周叔,这是基地的行政中心,几个主要负责人的办公室都在这里,戒备森严,饶是雷欧彦和之前的克里斯也没有权限进入这个地方。

而李维森毕竟身份在,没人敢拦他。

周叔对李维森出现在这里有些意外,笑道:"看起来不像是来找我的。"

"我是来取父亲的遗物的。"李维森面不改色,心想雷欧彦这次欠他多了,他连他爸都搬出来了。

周叔"哦"了一声，目光落在他的手上，正想问怎么伤的，李维森打断他："周叔，我先走了。"

周叔这才注意到他脸上的伤，心想这孩子骗人也太拙劣了，说去取遗物却顶着这么一道掌印，不知道的还以为他爸起死回生打了他一巴掌。

周叔看破没说破，笑了笑，嘱咐了几句，跟李维森道了别。

接下来跟李维森猜测的差不多，原本需要过安检也因为他挨打了脾气不爽不愿意做就逃过了。而守卫面面相觑，谁都不敢得罪他，当然也不敢怀疑他。

李维森带着兔子离开了那个鬼地方，回到了总部19层。

兔子迫不及待地钻出来，想去找雷欧彦，却又被拦住了。李维森问他："想去哪儿？"

说了你也不懂。

"戴蒙现在在这边，我刚把你偷出来你又想去送死，那我不是白挨了你一腿子？"

这时，秦渺渺好像听到了雷欧彦的声音，他耳朵一竖。李维森似乎也注意到了，想拦兔子已经拦不住了，兔子已经跑了过去，趴在窗户上，一眼就看见了雷欧彦。

会议室环形楼梯前，雷欧彦和戴蒙相对而立，气氛剑拔弩张，好像已经经历过一轮对决，不难看出雷欧彦是占下风的。

雷欧彦揩掉了嘴角的血，眼神像是淬着毒的刀刃看向戴蒙。而戴蒙眉头紧皱，已经有些微微的不耐烦，一向的妥帖稳重也不复存在，稍显狼狈："闹够了没？"

"你觉得呢？"雷欧彦冷哼一声，"你想做什么我不管，把我的东西还给我。"

"你是不是弄错了，我这里并没有你的东西。"戴蒙特地强调了"你的"两个字，然后解开袖口，似乎刚刚只是小打小闹的前奏，而现在要认真起来了。

雷欧彦冷冷地瞥了他一眼。

戴蒙又说："我知道你喜欢那只兔子，但你也知道，它并不是什么普通的动物，把它放在基地无异于把人类的未来放在了悬崖边。"

"人类有未来吗？"雷欧彦打断他，眼神直直地看过来。

戴蒙有一瞬间的失神，沉默了几秒，说道："如果你执意要闹，那我也会有我的方式……"

话音还未落，雷欧彦便又冲了上来。

怎么又打起来了？秦渺渺看不下去了，他要去帮雷欧彦！

李维森拦住他:"雷欧彦到底养的是兔子还是猪?"

你才是猪!秦渺渺急得想咬人。李维森捏着兔子耳朵:"都说了,你现在出去我们的努力就都白费了。"

秦渺渺并没有注意到李维森说的"我们",更不会去想这两个字指的是谁,只是看着他:那要怎么办?

李维森也头疼,他看了那两个人一眼,叹了口气:"算了,交给我。"

顿了顿,他又回头警告兔子:"千万别出来,听懂没?"

等秦渺渺再看过去的时候,雷欧彦坐在地上,李维森叫停了戴蒙,坦然地走过去。

李维森抽出长刀,挡在戴蒙面前,垂着头,刘海遮住了眼睛:"长官,剩下的交给我吧。"然后举起手里的刀指向雷欧彦,"我和他有些账要算。"

戴蒙揉了揉手腕,脸色也不怎么好:"我还有事。"

戴蒙走了两步又停下来,站在雷欧彦旁边,说道:"希望你知道你在做什么。"

李维森看戴蒙真的走了,才敢松懈下来。他收回刀,低声咒骂了一句,一副累惨了的样子。

都怪他那天多嘴告诉了雷欧彦兔子在哪里。但他也没想到雷欧

彦真的会请他帮忙,雷欧彦拖住戴蒙,而他趁机去带兔子出来。

李维森也没想到自己真的会这么做。

雷欧彦站起来,忽然说了句:"谢谢。"

李维森回头,刚好看到兔子朝这边飞奔,无比头疼。这只兔子到底听不听得懂人话,都说别出来了。他对雷欧彦说:"别以为我们之前的事情就算完。"

"我知道。"

秦渺渺激动万分,想去看看雷欧彦的伤怎么样了,可就在他离雷欧彦只有几步之遥的时候,李维森忽然拦住了他,长刀横在秦渺渺面前,差点剃断他的胡须。

秦渺渺:你干吗?

"让你别出来听不懂吗?看看就行了,有没有事看不出来的啊?"李维森说完,一把提起兔子,又对雷欧彦说,"先放我那里,没意见吧?"

干吗啊!我才不要去你那里!秦渺渺挣扎着看向雷欧彦。

雷欧彦似乎也没有要拦着,说道:"我没事。"

秦渺渺瞬间就安静了下来,眼眶红红的,耷拉着耳朵,像只落水狗。

他一副被弃养的表情:可是我有事,你怎么又不要我了?

3.

秦渺渺抑郁了，没想到自己就这么被雷欧彦拱手让人了。

他坐在李维森的房里不吃不喝闹情绪。

李维森没好气地问："你脑子怎么长的？"

瞎长的不可以吗？

李维森给他拿来吃的，又没好气地讲："你觉得你不见了他们最先查谁？还想赖在雷欧彦身边是生怕他们找不到你吗？知道我们费了多大心思才把你弄出来的吗？我人都被你打了，你跟我几天又怎样？"

李维森觉得自己是疯了才会跟一只兔子讲道理。

可兔子擦了擦眼泪，好像有点明白了。

基地所有人都知道李维森和雷欧彦的关系，没人会想到李维森会不惜违背基地命令藏一只兔子，所以绝对不可能找到这里来。

可他为什么要这么做？

别说秦渺渺不明白，李维森自己都想不通。他恨着雷欧彦，如果可以选择杀了一个人的话，他一定会毫不犹豫地选择雷欧彦。

可是现在有点不一样了，他向来有仇必报，但也知恩图报，雷欧彦救过他几次，他都快数不清两人之间恩多一些，还是怨多一些

了。

　　李维森烦死了，甩了甩头，算了，就当是日行一善吧。

　　他把原本端给兔子的食物拿走："不吃算了。"

　　秦渺渺刚伸出去的爪子扑了个空：我吃啊！

　　"现在不可能带你去找雷欧彦的。"

　　那先让我吃点东西吧？

　　"你就待在这里别出去，听得懂吧？"

　　两人你一言我一语，完全不在一个频道上。李维森想不明白这兔子到底有什么好的，连说话都不会，想吵架都吵不爽，偏偏雷欧彦还把它当成宝。

　　基地最近有外客来访，是其他基地的首脑，所以安检巡逻任务就更重了。李维森很少回来。秦渺渺更不能出去。

　　他快憋死了，每天扒拉在窗户上偷看外面路过的人，幻想过无数次雷欧彦来接他的样子，可好几天过去了，雷欧彦也没来。

　　他耷拉着耳朵，正叹气的时候，瞥到了一抹黄色——是史津塞！

　　上次帮他逃走还没来得及好好感谢人家呢，还有咬伤人家也没来得及道歉，不过史津塞应该没关系吧，都是自己人。

　　可秦渺渺又没办法喊住史津塞，思来想去，只好从包里掏出半根胡萝卜，从窗口丢了出去，刚好落在史津塞的脚边。

史津塞抬头,看到窗口只有一双白色的耳朵,笑着小声嘀咕:"原来在这里。"

有人敲门,秦渺渺还以为是史津塞,正准备去迎接。下一秒门被一脚踹开,竟然是克里斯。秦渺渺躲都来不及躲,就这么和克里斯打了个照面。

克里斯大概是喝酒了,醉醺醺地看了秦渺渺半分钟才反应过来:"是兔子!"

怪不得到处都找不到,原来被藏到这里了。

她走进来,关上门,露出一个瘆人的笑,然后扑了上来:"终于找到陪我喝酒的人啦!兔子也行!"

说着就跟猫捉老鼠一样,她追着兔子跑上跑下,没多大一会儿,李维森的房子就被改造成垃圾堆了。

而门口,史津塞晚来了一步,他手里拿着胡萝卜,正犹豫要不要敲门,刚好撞上李维森执勤回来。李维森身上还带着些寒气,一脸警惕地看着他:"干吗?"

史津塞拿出胡萝卜,如实道:"路过的时候被这个砸到了,所以……来看看。"

李维森嘴角抽了抽,心里恨不得把兔子塞进马桶,表面装得若

无其事的样子把胡萝卜拿过去:"有什么好看的,我吃的,干吗?"

说着,他还咬了一口。咦,味道还不错。李维森吃着吃着就吃完了。他觉得自己自从遇到了这兔子,演技日渐精进,都快成 NAT 最佳演员了。

"还有事吗?"

史津塞笑笑,本来以为兔子是在求救,现在看来不是了:"那我就不打扰少队长了。"

话音刚落,李维森的房间传来一阵"砰砰"的声音。

李维森说:"我房里闹老鼠。"

"可是老鼠十年前就已经全部怪物化了。"

"兔子还十五年前就灭绝了呢,怎么不说兔子?"

"……"

与此同时,门口的感应器识别到了李维森,自动门缓缓打开,像是缓缓拉开了序幕的舞台,只见克里斯毫无形象地坐在地上,正在喂兔子喝酒。而兔子双眼迷离,不知道的还以为刚做完变性手术。

李维森一个头五个大,快崩溃了。他绕开门口的障碍物,走进去,冲史津塞说:"既然知道兔子在我这里就看好它,敢说出去我杀了你。"

"啊……"史津塞一副真的被吓到的样子。

李维森扶起克里斯往里走。

秦渺渺也醉得不轻,他看不清门口的人是谁,只能看到八个人影。不会是又来抓他的吧?还找这么多人?

他下意识就想跑,可刚跳起来就被人拦住了。

见兔子跳过来,史津塞马上接住,有些不明所以,便小心翼翼地问:"你没事吧?"

天啊!这个人长了五个头!秦渺渺现在完全不清醒,还以为是怪物,张嘴就咬上史津塞的手。

史津塞吃痛,松了手。秦渺渺顺利逃脱,掉在地上的时候还跟跄了一下,然后晕头转向地跑了。

史津塞一时都没有反应过来,直到兔子跑了才回过神,竟然又被咬了。他看着自己的手,伤口缓缓渗出血液。

李维森把克里斯扶到沙发上躺下,回头一看:"那玩意儿呢?"

史津塞愣了愣,把手放到背后,十分抱歉:"对不起,少队长,他……跑了。"

把他房子搞得乌烟瘴气、酒味熏天不说,一个躺在这里耍酒疯,一个还咬完人跑了,他还活不活了?

李维森烦得不行,所以也没有注意到门口史津塞的异常。

李维森正准备去抓兔子,却被克里斯抓住了。

她忽然坐起来,不知道是真的醉了还是假的醉了,说道:"我有话跟你说。"

"明天再说。"

"现在！"

"现在没空。"

"你不是一直想知道沈未来当年是怎么死的吗？"克里斯这句话仿佛在平静的湖面丢下了一枚炸弹。

李维森立刻僵在原地，他张了张嘴，声音喑哑："现在说这个干什么？"

"是因为我。"

李维森看向她，眼里有什么在一点点地破碎。

4.

克里斯和沈未来原本是一对恋人，那次怪物来袭时，他们各自带领队伍出征。

她是一队的队长，沈未来负责二队。原本一切都进行得很顺利，可到最后他们被困在了山洞里。

沈未来为了救她被怪物咬伤，起初谁也没有放在心上。就在他们快要找到出口的时候，雷欧彦停了下来，他最先注意到沈未来不对劲，克里斯随后才发现。

那个时候沈未来还握着她的手，前面就是出口，莹白色的光挤进来,均匀地洒在他们的脸上。

雷欧彦走在前面,回头看了一眼沈未来,问道:"怎么了?"

克里斯愣住了,她想装作没事。可沈未来坦然得就好像预想过无数次这种场景一样。他缓缓松手,笑道:"你们先出去吧。"

"不行,"克里斯抓住他的手,"没事的没事的,不一定会被感染的……"

她满怀希望地看着沈未来,明明他们刚刚还说好的,这次出去他们就结婚。

"不会有事情的。"克里斯重复道。

下一秒,沈未来便咯出一口血,他挣开手,往后退了几步,靠在墙上滑坐下去。克里斯想去拉他,被雷欧彦拦下了。

只见沈未来蜷缩在地上,不停地抽搐,四肢开始渐渐腐烂重组,有什么东西在他的身体里冲撞,仿佛就要钻出来似的。

咬伤他的是一只感染性极强的怪物,如果贸然靠近后果可想而知——克里斯会是下一个沈未来。

但外面还有那么多人在等着她,队员们已经失去一个领队,不能再失去第二个。她肩上担的责任比她自己的命更重要。

有人进来,不明白状况想要去扶沈未来,雷欧彦拉着克里斯没顾上,只见那人瞬间被沈未来捏断了头。

克里斯愣住了。她幻想了无数种未来,却没有想过未来要停在

这里。

沈未来唯一残存的理智促使他发出了声音，缥缈微弱，却又像钉子一样钉在克里斯心口，她以为他说的是"救我"。

最后才听清，他说的一直是"不要救我"。

基地很快传来命令——杀了沈未来。

这是克里斯的职责，可她下不了手，也救不了他。其他队友也即将赶来，危险就在一瞬。

这个时候是雷欧彦拿起枪，一枪命中沈未来的要害。

恰好所有人都看见了这一幕，看到了雷欧彦的毫不犹豫，却没看到他的停顿，以及收回枪时微微颤抖的手。

也没人在意。他们把沈未来的死全部归咎于雷欧彦，仿佛这样就能平复心中的悲怆。

殊不知不是所有的英雄人物都能像李维森的父亲那样，连牺牲都是壮烈的，留下无限传说供人讴歌景仰。生命脆弱如斯，也有许多这样的沈未来，抱着无限期望，却死于微小一瞬。

人活在这个世界上，本身就如蝼蚁，他们只是不愿意接受，不相信他们所期望的未来也如同玻璃一样一击就碎。

那之后，克里斯消失了一整年，不见人也不说话。自我调节了一整年才出现，可后来再也没有去过战场。

她不知道她的逃避让雷欧彦背负了这么久的骂名，想说出事实的时候已经来不及了。

可对于雷欧彦来说,别人怎么看并不重要,克里斯的噩梦是她失去了沈未来,而雷欧彦的噩梦是他亲手击毙了沈未来。

李维森给克里斯盖上被子,独自走到阳台,点了支烟,迟迟没有说话,也不知道门口的史津塞是什么时候离开的。

李维森只是觉得,今晚的月亮格外凉,夜晚长得好像没有尽头。

秦渺渺还醉着,只顾着跑,压根儿没有注意到自己的变化。从楼梯上跳下来时,突然瞥见玻璃的倒影,愣了片刻,竟然看见自己了!

这不是他本人秦渺渺吗?

秦渺渺跑过去,几乎要贴在玻璃上,对着镜子里的倒影开始发疯。

"你是不是喝多了?怎么红成这样?!"

又觉得奇怪,怎么自己能跟自己说话。秦渺渺脑袋打结,终于想明白了:"是不是我的身体被锁在这里了?我现在只能寄生在一只兔子身上?又或者是另一个世界的我来接这个世界的我回家了?"

秦渺渺嘀嘀咕咕的,说着说着就委屈了起来:"你知道吗,这

里好多怪物，还有个最猛的怪物，我把他当朋友，他却总想吃我。

"为什么想吃我？兔子难道不可爱吗？我觉得我还挺可爱的，他难道不觉得我可爱吗？"

醉酒的底线人类无法想象，兔子也是，感觉已经疯了。

忽然，一道声音如同惊雷："谁在那里？！"

是巡警。

秦渺渺吓得一个激灵，酒醒了半分，迈开腿就跑，很快便跟人甩开了一些距离。下一个转弯，却一头撞在人怀里。

秦渺渺微微怔住了，他太熟悉这个味道了，清冽，带着三分寒气，如同雪地里的一棵青松。

他抬头，看到那双熟悉的眼睛，傻傻笑了起来："雷欧彦，找到你了。"

秦渺渺都没意识到自己下意识逃跑的方向一直是直觉里雷欧彦的位置。原来喝醉了什么也不会想，就只想找他。

雷欧彦扶着秦渺渺，皱起眉来，自己认识这人吗？可仔细看又觉得眼熟，他不记得了。

怀里的人瘦瘦小小的，胳膊一捏就会断的样子，又跟没骨头似的醉醺醺地赖在他身上，他的心也跟着软了下来。

"醒醒。"雷欧彦想推开秦渺渺，因为听到身后有脚步声在靠近，他侧过脸，下巴偶然擦到秦渺渺的头发，一瞬间的触感，却软得不可思议，他愣了愣。

秦渺渺还沉浸在自己的世界里，看着眼前的人，踮起脚，迷了眼，趴在他耳边，好似梦呓，话没来得及说完，就有人追上来了。

秦渺渺慌忙松开雷欧彦，跑开了。

雷欧彦还没反应过来，怀里的人已经不见了，手心有种空落落的失重感。

巡警追上来，问道："一队长你没事吧？"

雷欧彦抿了抿唇，声音有点哑："没事。"

"那人到底是谁啊，怎么进来的？"

雷欧彦说："小孩儿而已，交给我就行了。"

可等他找过去时，哪里还有人，只有一只雪白的兔子，趴在他的休息室门口，睡得格外香甜。

:: Chapter.9 ::
兔子的护理方式

1.

秦渺渺压根儿不记得昨晚发生了什么,醒过来的时候是在一间陌生的房子里。装修简单雅致,头顶是一盏全铜吊灯,茶几上放着一瓶卡萨布兰卡花,花瓣有些泛黄,卷曲了起来。

他坐起身,听见开门的声音,看过去,是雷米亚。她手里拿着一些新鲜的花,好像是刚摘的。

她进来看见兔子,问道:"醒啦,饿了吗?"

是雷米亚带他回来的?秦渺渺完全不记得了。他摸了摸肚子,不过好像是有点饿。

雷米亚递给他一根胡萝卜,秦渺渺接过来,然后像只小狗似的,跟在雷米亚脚边,看雷米亚给花瓶换上新花。又跟到门口,这才发现他已经不在基地总部了。总部大楼在前面不远处,高耸入云,恢宏气派。

他们这边应该是私人住宅区。两层的独栋小洋楼,门口有花坛,雷米亚很用心地在打理。

雷米亚把旧花放到花坛里做肥料,弄好之后拍了拍手,看了眼时间,以为兔子在等什么,说道:"应该快回来了。"

秦渺渺没听明白,咬了一口胡萝卜,疑惑地看向她。

雷米亚说:"你不记得了吗?他昨晚把你送回来之后就去基地值班了,看不出来你还挺黏他的。"

秦渺渺顿住了,随即便看见有车停在门口。雷欧彦从车上下来,还是那样子,清俊又冷冽,干净得像是高山上终年不化的雪。

秦渺渺失神了片刻,丢失的记忆瞬间涌上脑门。胡萝卜掉在地上,咕噜噜地滚到雷欧彦脚边。

他全部记起来了,包括他在雷欧彦耳边说了些什么,包括他变回兔子被雷欧彦带回来之后,他非要赖在雷欧彦口袋里不走的样子!

尴尬、羞愧、窘迫……数不清的情绪一瞬间争先恐后地涌上来。他晕了,自己怎么是这么个不害臊不检点的兔子啊!怎么还有脸见雷欧彦啊!

不过雷欧彦应该不会知道他就是昨天那人吧?秦渺渺抱着一丝

侥幸，观察着雷欧彦的反应，好像并没有什么异样。

雷欧彦的目光随着胡萝卜转了一圈，又回到兔子身上，问道："食物中毒了？"

雷米亚道："看到你太开心了吧。"

雷欧彦挑眉看过来："真的？"

开心个屁！看到你就来气！

雷欧彦仿佛听到了似的，眸光一沉，眼睛里充满了很明显的警告意味。可秦渺渺现在哪里发现得了，他现在僵硬得就像一只机械兔子，脑袋还生锈了。

"晚上吃什么？"雷欧彦清了清嗓子，状似无意地问了一句。

别想吃兔子！

"不如吃兔子。"

吃完拉肚子，辣死你！

秦渺渺又羞又气。

雷米亚在旁边"扑哧"一声笑出来，偏着头："感觉你们好像真的在吵架一样。"

雷欧彦不屑，瞟了兔子一眼，不甚在意："我会跟一只兔子吵架吗？"

不然呢，你还要吃一只兔子呢！

雷米亚说："好了，吃的我已经做好了放在冰箱里，你记得热一下。我晚上还有夜班,要和小津一起做上次怪物的分析报告,先去基地了。"

史津塞?

有什么东西在秦渺渺脑袋里一闪而过,他忽然想起来,自己两次变成人之前都见过史津塞,好像还弄伤了史津塞,会和这个有关系吗?秦渺渺不太确定,也许只是巧合而已。

雷米亚冲他挥了挥手,秦渺渺犹豫了几秒,正准备跟上雷米亚,却被雷欧彦强行拎了起来。

进了屋,雷欧彦把他丢在沙发上,脱了外套放一边,问道:"想去哪儿?"

要你管。

"我不管你的话,你现在已经被关到实验室了。"

秦渺渺愣了神,终于开始觉得奇怪,雷欧彦怎么好像真的能听懂他说话似的?

雷欧彦的手顿了一下,然后又装作若无其事的样子去冰箱拿吃的。

秦渺渺并没注意到雷欧彦刚才一瞬间的反常,打算试一下,于是叉着腰站在沙发上大喊:雷欧彦!

雷欧彦听不见。

雷欧彦,雷欧彦!雷欧彦是小狗!雷欧彦是猪!雷欧彦是我小

弟!

秦渺渺喊完赶紧窜过去,站在料理台上仔细打量雷欧彦,可他脸上并没有多余的表情,居然没有生气。

看来是我多心了!

秦渺渺松了口气,刚准备看看雷欧彦在搞什么好吃的,不知道谁泼的油,秦渺渺脚下打滑,"啪"的一声摔进了旁边的锅里。

幸好还没开火。

雷欧彦冷冷地说:"这么自觉?"

晚上雷欧彦去楼上休息了,秦渺渺还在思考自己变成人的事,坐在沙发上越想越觉得匪夷所思,最后得出一个结论——既然两次变成人之前都不小心咬过史津塞,那是不是只要咬到人就可以变成人?

他抬头,看着二楼雷欧彦的方向,犹豫了一分钟,心动不如行动,要不试试?

秦渺渺决定后便迫不及待地奔向二楼。雷欧彦没锁门,秦渺渺毫不费力地溜进来。

房间没开灯,只有月光照进来,刚好能看到床上熟睡的雷欧彦。

秦渺渺踮着脚,猫着身子,小心翼翼走过前廊,然后爬上床,每走一步都要确定一下雷欧彦是不是真的睡了。

爬到他跟前，这是秦渺渺头一次这么近距离看雷欧彦，他呼吸很轻，皮肤很白，睫毛在眼睑下方投下一片阴影。

月光枕在他肩头，寂静又安稳。

看起来睡得很好。

秦渺渺凑近了点，却越发不受控制，都快看对眼了。可是，要咬哪里呢，这个人哪里看起来都很美味，尤其是这张脸。

要不……

兔子进门的时候雷欧彦就察觉到了，雷欧彦眯着眼，看到圆滚滚的兔子在他身上探来探去，终于忍不住开口：“你想干什么？”

兔子一僵。

怎么又不打招呼就醒了！来不及了！秦渺渺仓皇无措，手忙脚乱，忽然照着雷欧彦的肩头一口咬下去。

雷欧彦一声闷哼，彻底清醒了：“你咬我？”

秦渺渺后知后觉：我不是故意的！

可还没来得及跑就被雷欧彦抓住了。

"咬了我还想跑？"雷欧彦坐了起来。

秦渺渺这才看见他穿的是家居服，头发有些乱，眼底还有点困倦和不耐烦，好像下一秒就会把兔子吃了。

秦渺渺赶紧装可怜，望着雷欧彦：都说对不起了，我又不是故意的……更何况不就咬了你一口吗？大不了对你负责，可以吗？

"你说呢？"

秦渺渺被打了，他委屈得眼泪都快掉下来了。本来还想等变成人找雷欧彦打回来的，可半个小时过去了，一点动静都没有，根本就没变成人。

现在只能老老实实帮雷欧彦处理伤口，秦渺渺给他上了药，仔细看也没多大的伤口嘛……秦渺渺撕开创可贴贴上去，忍不住在心里嘀咕：小气鬼。

一道寒光射过来，秦渺渺立刻就老实了：对不起。

秦渺渺乖乖从床上下来，正准备出去，瞥见旁边书柜底下放着几本书，他的高度刚好可以看到其中一本是《兔子的护理方式》。

秦渺渺愣了愣：雷欧彦怎么会有这种书？难道……不可能，他明明一天到晚只想吃我。

秦渺渺尽管这样想，可还是忍不住回头看向雷欧彦。

雷欧彦察觉到秦渺渺的目光，不明所以地看过去，过了几秒才意识到兔子的眼神是什么意思。

他抿了抿唇，又低下头，叫人看不清表情，语气淡淡的，好似在讲一件无关紧要的事情："小时候想养，没养成。"

秦渺渺完全怔住了，谁能想到雷欧彦这样孤僻冷血的独狼战士也会有这么温柔的一面，难道是因为太孤独了？

秦渺渺转而又跳到他的床上，正在这时，窗外一道冷光乍现，照亮了半边夜空,随即而来的是刺耳的警报声。

两人同时看向窗外,风掀起窗帘,阳台上的玫瑰花还未盛开,天又暗了下来。

雷欧彦声音沉沉的:"怪物进来了。"

2.

NAT 基地的安防系统一直是几大基地里顶级的。

可最近屡次遭怪物入侵,让人不得不怀疑有内鬼。这也是雷欧彦一直在暗查的事情,可始终找不到线索。

基地总部现在乱成一团。戴蒙刚结束会议,让克里斯安顿好其他基地的首脑,而他自己则亲自前往总指挥部。

"坐标、等级、属性,报给我。"

"主城区西北方向,初步判定 II—III 级,属性不明。现在似乎还处于沉睡状态,并没有动作。"

那附近是普通的居民区,人口密度不大,但数量也不容小觑。

"防护罩打开,增派逃生舱。"即便在这种时候,戴蒙也是临危不乱,镇定自若。

他沉默了两秒,又说道:"先派李维森过去。"

话音刚落,指挥部大门打开,克里斯环着手,站在门口:"长

官，我申请指挥作战。"

戴蒙看向她，眸光波澜不惊。

克里斯看着屏幕上的两人："这两个人我是最了解的。"

怪物体型巨大，有两层楼那么高，外形像是一只虾子，两只眼睛极为突出，躯体是五颜六色的镭射光色。它趴在地上一动不动，像在等待什么时机。

李维森接到命令赶来的时候，雷欧彦已经到了。

夜晚，冷风凛冽，雷欧彦站在一栋废楼的天台上，刚好能直面怪物。

兔子也在，站在他的武器上。

雷欧彦从来都是一个人，可多了只兔子好像也并不违和，好像它原本就该站在那里。

李维森站在后面看了一会儿，不由得想起克里斯酒后说的那些话，忽然不知道该怎么面对雷欧彦了。

他走过去，在雷欧彦旁边站定。头顶是一轮硕大的月亮，清辉落下，在两人之间划开一道河。

雷欧彦没有跟人打招呼的习惯，只是瞥了他一眼。

李维森叼着烟，长叹一声，尽管做足了心理建设，却依然别扭："雷欧彦，我有话跟你说。"

雷欧彦和兔子同时看过来,不明所以。

李维森看都不敢看他,嗫嚅着半天又说不出什么来。

秦渺渺不怀好意地盯着李维森:干吗,不会想表白吧?

雷欧彦瞟了兔子一眼,暗含警告。

李维森深吸一口气,似乎终于做好了心理准备:"我就是想跟你说……"

"解决完再说吧。"雷欧彦打断他。

几人同时往前看去,怪物已经开始行动了。

此时,克里斯的声音从耳机里传来:"李维森,雷欧彦。"

李维森眼睛明显地亮了一下,他一直在期待克里斯回来,却又因为之前的事而如鲠在喉,他张了张嘴,却没说话。

克里斯继续道:"这是变异性雀尾螳螂虾,变异等级 III 级,出拳速度极快,堪比子弹,你们小心。"

李维森看着眼前的怪物,眼睛里瞬间燃起战斗的火焰,不等克里斯话说完,他扔下烟蒂,一跃而起,像是期待已久,蓄势待发。

雷欧彦拿起天煞,在原地打掩护。兔子也切换上作战装备,飞了起来。

怪物的进攻方式宛如螳螂,捕肢末端如锥子一般非常尖锐,攻击速度极快。

克里斯说得没错,果然如同子弹一样。

李维森作战喜欢"硬刚",这种作战方式用来对付这只虾稍显吃力。

它将颚足折叠起来,然后像是锤子一样朝李维森砸来。李维森举刀,如同螳臂当车,被震到了墙上。

怪物再次举起锤子向他砸来,好在雷欧彦及时赶到,救下李维森。

"谢谢。"李维森站起来,擦了擦嘴角的血。

相比之下,雷欧彦坦然得多:"弱点在眼睛。"

雷欧彦说完,跳了起来,迅速进入战斗状态。

对方体积太大速度太快。很快,他被打落在地,往后退了几步,而后看向李维森。

李维森会意,立刻握着长刀,蓄足了力气一跃而上,几乎与月亮同高,然后一刀划开怪物的眼睛。怪物的双目掉在地上,掀起一层沙浪。

李维森愣了愣,有些难以置信地看着自己的手,又看着那具倒下的尸体,真的死了吗?

"不对,"克里斯的声音急急传来,"不止一只,还有一只……在总部。"

总部?

难道这是……

雷欧彦神色凛然,看向地上的尸体,还未来得及有所反应,它忽然动了,像是鱼死之后的神经反应,又像是死亡前的最后一击。

而此时的李维森还沉浸在喜悦里,他不明所以地回头,脸上还洋溢着笑意。

怪物的拳头如闪电,迎面劈来。

李维森!

千钧一发之际,一团白影闪过,李维森被撞开。

兔子掉在地上,打了个滚,而后站起来,气势凌人。

只见那只尸眼分离的怪物竟然在慢慢靠拢,从伤口处长出千万的细丝,像是黏腻拉扯的白胶,它竟然在复原!

果然猜得没错,雷欧彦沉声道:"是双生怪物。"

双生怪物?

李维森伤到了肩膀,有些艰难地坐起来,因为疼痛喘着粗气:"所以还有一只,必须同时击败它们?"

"是,"克里斯的声音从耳机里传来,"必须同时击败,多一秒少一秒都不行,不然它就会像现在这样,借助另一只的力量复活。"

"另一只在哪儿?"

"眺望塔。"

雷欧彦和李维森皆是一愣,整个基地的安防系统毫无反应,可

怪物已经进入了眺望塔。

这意味着什么可想而知。

所以基地高层之中必然是有内奸。

李维森咬牙让自己平息下来："那基地……现在什么情况？"

克里斯道："有几只怪物散兵，不过问题不大。当务之急是解决双生怪物。"

可是最有能力和雷欧彦一起作战的李维森显然是已经无法战斗了。

而留给他们的时间也不多，怪物复原大概也就半个小时的时间。

克里斯正准备安排其他战士，雷欧彦打断她，看向兔子："他来吧。"

没开玩笑吧？

秦渺渺左右看了看，确定雷欧彦是在看他。

可我能做什么啊？！

克里斯自然也不同意："事关重大，雷欧彦，这种时候最好不要乱来。"

李维森扯着嘴角笑了一下，说道："他没有乱来。"

医护组已经赶到现场，李维森被扶上担架，走的时候和兔子擦肩而过。

"好不甘心啊……"李维森侧头看兔子，"可你确实是最合适的了。"

李维森从小就在父亲的光环下长大,一直都在渴求战绩,可直到现在什么也没做到。

原本以为今天终于可以理直气壮站在他爸照片前,可没想到差点就死了。

直到今天他才知道自己跟雷欧彦的区别在哪里。

他太过于依赖别人了,小时候依赖爸爸,长大了依赖沈未来,等他们都不在的时候,他便依赖着过去的痛苦。

而雷欧彦从来都是独自站在那里,好像什么都不需要,有一只没用的兔子就够了。

李维森低下头,自嘲似的笑了一声,对兔子说:"去吧,相信他,也相信你。"

秦渺渺愣在原地:相信雷欧彦,也相信自己?

雷欧彦走过来,蹲下身:"待会儿怎么做我会告诉你。"

见兔子不说话,雷欧彦声音轻了下来:"怕吗?"

好像如果他说怕的话,雷欧彦也会放弃。

秦渺渺抬头,看着雷欧彦的眼睛,如同坠入深蓝的海底,他摇了摇头:不怕。

有你在,没什么好怕的。

3.

　　基地总部遭到怪物散兵入侵，进入一级戒备状态。

　　秦渺渺作为还在被基地通缉的兔子，很难从正面进去。他找到了之前逃生的通风口，一路顺着管道爬了进来。

　　内部混乱不堪，到处都是执行组的人，他们举着武器，一旦发现可疑物种便会一枪毙命。

　　秦渺渺靠在墙壁后面，只听"砰"的一声。旁边有什么落地了，是一只怪物。

　　他现在才发现，基地现在的情况根本就不像克里斯说的只有几只怪物，数量已经超乎了想象。

　　黑水顺着地面坡度流到脚边，执行组的人也跟着跑了过来，可这里是死角，他无路可退。一旦他们看见他那后果可想而知。

　　忽然，背后的门开了，一双手伸出来，将他拖了进去。秦渺渺受惊，刚想张嘴咬上去，看见是雷米亚，他才惊魂未定地松了口气。

　　他完全没注意到这里是戴蒙的休息室，而雷米亚又为什么会出现在这里。

　　"嘘。"雷米亚捂住他的嘴，等外面的声音远了她才松开。

　　"克里斯告诉我了，"雷米亚说，"但现在基地很危险，我送你过去。"

只剩十分钟的时间了。

秦渺渺点头,跳进她的怀里。

果然,现在整个基地都处于危险之中,一般人更是不能四处走动。雷米亚刚出门便有人拦住她。

"长官吩咐过,请您请不要到处乱走。"是戴蒙的人。

"我有要事,"雷米亚头一次露出这样凌厉的一面来,"耽误了时间你们能负责吗?"

"可是……"对方犹豫再三,却屈于雷米亚的威慑力,让了路。

雷米亚将兔子送到直达电梯,又叫住他,递给他一样东西,说道:"这个是送你的。"

是一根手工编织的细绳,和雷欧彦休息室门口那盏灯上的绳子是一样的。五彩的细绳交织在一起,做工有些粗糙,还有些旧。

"这是平安绳,是阿彦小的时候亲手编的,可以保护你们。"

秦渺渺有些意外地接过来,他看向雷米亚,不明白为什么要给他这个。

这时,一只蝙蝠一样的怪物飞过来。秦渺渺还没反应过来,雷米亚就将他送进电梯里,而后转身,拿出枪,扣动扳机,但没有打中。

而且不止这一只,另一只很快飞了过来,翅膀如同刀子,削铁如泥。雷米亚一时来不及应对,被划伤了手臂。

一切都在一瞬间。

秦渺渺想过去帮忙，可是雷米亚却拦住他，说道："去帮阿彦。"

雷欧彦现在面对的双生怪物相当于母体，而基地内部这些怪物全是子体，母体不除，子体便会无休无止出现。

但雷米亚并没有战斗能力，而且她还受伤了。

秦渺渺还是冲了出去。他飞起来撞开蝙蝠，自己也被弹到了墙上，被撞得头晕目眩。

但他不在乎自己怎样，只是担心雷米亚。

如果雷米亚死了，雷欧彦肯定会很伤心的。他强迫自己清醒过来，从背包里摸出武器，是郝银给他的撒手锏——激光剑。

秦渺渺亮出来，再次上前，斩开怪物。脑后一道疾风，是另一只飞来了。秦渺渺回头，只听"咚"的一声，怪物掉在地上。

史津塞站在走廊尽头，举着枪，光照得他近乎透明。

他走过来，扶起雷米亚，对兔子说："你快去吧，她交给我。"

秦渺渺爬起来，并没有注意到什么异常，他是亲眼看到史津塞带走雷米亚的。

后来他经常会想，如果时间能倒流就好了，如果他能回到这一刻，他一定不会让史津塞带走雷米亚，一定不会让这一切发生。

可他忘了，他只是一只兔子而已，甚至不属于这个世界，所以他永远无法改变最后的结局。

秦渺渺握了握手里的彩绳，转身进了电梯，朝眺望塔走去。

怪物 II 号大抵是在等待另一只复原，现在正处于蛰伏期。秦渺渺站在风里，一切都好像做梦一样。

他小的时候想象过无数次当英雄的样子，可现在才明白平凡普通的可贵。他希望世界上不必有英雄，不必有需要保护的人，每个人都可以安稳地过完一生。

克里斯那边已经分析出怪物的数据，她在耳机里说道："根据数据来看，它的眼睛是最敏感的地方，但我们刚刚对于眼睛的攻击已经提醒了他们，现在他们会更谨慎。

"接下来我们会准备好激光炮刺激它的视觉系统，等它视力受损的一瞬间再进攻。"

"多久？"雷欧彦问道。

"半个小时。"

所以他们现在需要再拖半个小时的时间？

雷欧彦沉默了几秒，"喊"了一声："兔子。"

我可以。秦渺渺握住激光剑，看着正在渐渐苏醒的怪物，已经做好了负隅顽抗的准备。

"做不到也没关系。"雷欧彦忽然说道。

这个世界的命运没必要让一只兔子来承担，他有点后悔了。

这时，兔子的声音从他那个特殊的耳机中传来："雷欧彦，你

放心，我一定可以。

"因为我们是最佳拍档。"

雷欧彦笑了。

那大概是秦渺渺过得最漫长的半个小时，他不断地被打倒，又不断地站起来，还要留一口气等待最后一击。

他快坚持不住了。可他知道，雷欧彦现在就在不远处，和他面对一样的困境，他们在做一样的事情。

只要雷欧彦不放弃，他就不会放弃。

时间一分一秒地过去。

秦渺渺倒在地上，他看见天上有一粒光点在缓缓接近——是激光炮！

耳机里传来一道嘈杂的电流声，随即是克里斯的声音："已经准备好了。"

秦渺渺奋力站起来，启动了身上所有的辅助装备。

"记住，你们只有这一次机会。"

倒计时的声音像是死亡计时，一分一秒都踩在秦渺渺的心跳上。他握了握手里的武器，扎稳了步子。

忽然，一声炮响，天空瞬间亮如白昼，怪物进入短暂的失明状态。

"就是现在！"

"3,2……"

秦渺渺飞起来,大喊一声:"啊——"

"斩。"

天空暗下去。秦渺渺掉在地上,再也没有多余的力气了。耳边的喧嚣渐渐湮灭,好像是掉进了深海,只能任由自己无限下沉。

他躺了好久才有力气站起来,捂着胸口,往外走了几步。

他站在眺望塔的观景处,脚下是城市星星点点璀璨的灯光,基地门前的道路如同一条长河,载着月亮的清辉走向远处,好像没有尽头一样。

直到路口出现一个很小很小的人影。

秦渺渺停下来,抬起头,终于知道了,那就是尽头。

基地戒备终于解除了。

秦渺渺兴致勃勃,正准备下去找雷欧彦,只听一阵整齐划一的脚步声匆匆而来。他回头,一队人围上来,手里举着枪。

戴蒙从暗处走来,光影在戴蒙脸上明暗交替,而后站定。

秦渺渺往后退了一步:我被包围了?他们想做什么?

克里斯随即跟上来,气喘吁吁,推开拦住她的护卫,冲到戴蒙身边:"你不能这么做!"

戴蒙却不理会，只是冷冷地问兔子："是你把雷米亚交给史津塞的？"

秦渺渺不明所以，看克里斯眉头紧锁，便愣愣地点头。

"雷米亚失踪了。"戴蒙说。

秦渺渺愣了片刻：什么意思？雷米亚她……

克里斯补充道："史津塞就是这次怪物入侵的头目，他是一只V级怪物。而雷米亚手里有关乎整个基地命运的东西。"

兔子怔住了，他不明白基地的秘密，也不知道雷米亚手里有什么。

可是一些细节却在他脑海里渐渐清晰起来。他终于知道自己最开始见史津塞为什么会有不适的感觉，为什么自己会异变，为什么只有咬到史津塞的时候才会变成人，而咬雷欧彦不会。

因为史津塞是人形怪物。兔子只有被怪物咬或者咬到怪物的时候才会变异，也就是血接触。

可他到这个时候才明白。

戴蒙也不再说话，下令将兔子抓了起来。而人群之后，雷欧彦站在那里，定定地看向兔子。

秦渺渺这个时候才开始觉得慌张，不是怕自己会怎样，而是担心雷欧彦会不会也以为自己和史津塞是一伙的。

会不会不要他了？

秦渺渺这才意识到，他从来都不在乎这个世界是怎样的，不在乎这个世界对他做了什么，是否残忍是否无情是否恩将仇报。

他从头到尾在意的只有雷欧彦，就好像雷欧彦就是他的全世界。

随即，眼前一片漆黑。

:: Chapter.10 ::
结局

1.

史津塞是雷米亚从战后废墟里捡回来的,那个时候他才九岁,和雷欧彦一样大。

后来他便跟着雷米亚一起生活,因为想要救人,所以进入了医护组。

可谁都没有想到,他竟然会是一只怪物,也没人能想到他可以在人类基地潜伏这么多年。

秦渺渺再次被关到了怪物监狱。

旁边是蜷缩成一团的史津塞,他光着脚,穿着一身白色松垮的衣服,整个人越发透明了,像是病入膏肓的人。

他手上缠着怪物控制锁,即便什么都不做,也会不断地消耗怪物的生命力,这是一种极其残忍的手法,就好像将人类的血一点点放干一样。

而他们的目的就是为了从他嘴里逼出雷米亚的下落。

戴蒙也下了最后通牒,如果史津塞再不说出雷米亚的下落,三天后便会直接绞杀史津塞。

"你也觉得雷米亚是我抓走的?"史津塞忽然开口说话。

秦渺渺警惕地看向史津塞。

其实秦渺渺并不这么想,就像布洛德一样,不是所有的怪物都是残忍的。

史津塞也是。

秦渺渺摇头。

史津塞忽然笑了,说道:"谢谢你。"

"他们并不是想知道雷米亚在哪里,而是想用我来要挟雷米亚,交出怪物抑制剂。"史津塞淡淡地陈述着。

秦渺渺其实有点没听明白:他们是谁?

忽然,"滴"的一声,监狱的门竟然开了。

李维森站在门口,身上还缠着绷带,看向兔子:"愣着做什么,还不出来?"

他这个样子是来劫狱的?他不是整个基地最遵纪守法的好公民吗?

秦渺渺跳过去才意识到李维森并没有打算带走史津塞，于是立刻停了下来。

李维森问："你疯了？他是 V 级怪物你知道吗？你前些天遇到的那只五彩虾也才 III 级，还是由他操控的。"

不是他！秦渺渺无声地大喊一声，没有看到身后微微一愣的史津塞。他也说不上来，就觉得不是史津塞，他相信史津塞。

"别放屁了，走不走？再耽误下去我也会被抓的。"李维森有些不耐烦了。

秦渺渺回头看了一眼史津塞，又看向李维森，眼神坚定：他不走我也不走。

"烦人！"

NAT 基地主城区外，雷欧彦已经在这里站了很久，月光仿佛在他身上凝成了霜。

克里斯站在他跟前："我要说的就这些了。"

雷米亚这些年一直在进行一个秘密实验，研究出了一种叫作怪物抑制剂的东西，可以从根本上抑制怪物，不是消灭，而是彻底抹杀掉他们身上的异变基因。

史津塞是人类孕妇异变后所生，力量强大，且能维持人形。

雷米亚在战场上见到他的时候，就知道他不是人类，可还是把他带了回来，进行自己的实验。

她这些年一直在给史津塞注射抑制剂，这也是史津塞能毫无破绽待在人类基地的原因之一。

可实验并没有成功，史津塞身上的怪物基因并没有完全被消除，只是削弱而已，而且一旦停止注射便会有异变的反应。

可他们似乎都知道，雷米亚给史津塞注射的并不是最终版本的抑制剂。而最终版本的配方只有雷米亚知道。

所以他们才抓走了雷米亚，想让她交出成分表。

而克里斯也是这个时候才知道，人类原来一直都是井底之蛙，他们笃定怪物没有智慧，却不知道怪物已经进化出一个智慧层，甚至勾结人类，得到了内部机密。

她想不到会是谁，又或者是不敢想。

雷欧彦从始至终都沉默着，好像这些都是预料之中，又无关紧要的事情。可克里斯又觉得他有些不一样了，好像那些凝固在他眼底的寒冰早已经融化了，露出些许光来。

那是第一次，她在雷欧彦的眼里看到了未来。

雷欧彦看向远处，克里斯跟着看过去，几个人影渐渐靠近，她长舒一口气，说道："你们放心去吧，基地交给我。"

李维森最后还是妥协了，没想到自己连一只兔子都犟不过，不

仅劫狱了，还放走了 V 级怪物。

索性送佛送到西，直接带他们来见雷欧彦了。

秦渺渺站在暗处，不敢走过去。

李维森在身后踹了他一脚："刚刚还迫不及待，怎么一来就开始惺惺作态？"

关你屁事！秦渺渺回头瞪了李维森一眼，又小心翼翼地看着雷欧彦：对不起。

"我知道不关你的事情。"

秦渺渺蓦地抬起头，一双眼睛殷切地看着雷欧彦：你相信我？

"难道我会相信戴蒙？"

秦渺渺愣了半晌，直接跳到了雷欧彦身上，这些天萦绕在心头的阴霾一扫而空。不管世界怎样，他只是一只渺小的兔子而已。他管不了别的，只关心雷欧彦要不要他。

秦渺渺开心完了，终于有点反应过来，盯着雷欧彦的耳机：你是不是能听到我说话？

雷欧彦瞥了他一眼，不置可否。

秦渺渺立马大脑充血，过往的片段争先恐后地涌上来：那不是自己说什么好话坏话你都知道？

"差不多。"雷欧彦说着，看见秦渺渺挂在包上的彩绳。

秦渺渺注意到他的目光，有些不好意思地说：姐姐送我的，说是你亲手编的。

见雷欧彦要取下来,秦渺渺慌忙拦住他:干吗?你不会想拿走吧?送我了就是我的!

雷欧彦笑了笑,动作温柔,竟然将彩绳系在了秦渺渺的脚踝上。

秦渺渺愣住了,脸上瞬间有一种燃烧起来的感觉,都快成红烧兔头了:干什么啊……

雷欧彦说:"没什么,做个标记而已。"

这下真是红烧兔头了。

史津塞随后走过来。

秦渺渺不打自招:我觉得史津塞应该知道雷米亚在哪里,所以……

李维森生怕雷欧彦不知道:"是你们家兔子非要带上他的,出什么问题我可不管。"

秦渺渺真想堵住李维森的嘴。

史津塞笑笑,声音微弱,好像随时都会消失一样:"我会带你们去,但是你要知道,我始终是怪物,这些年一直是靠雷米亚的抑制剂才保持人类的样子。

"越接近那里,我身上的怪物反应便会越强烈,我……"

顿了顿,他低下头去,小声说道:"我可能……会变成原来的样子。"

李维森问道:"那为什么要去?"

史津塞说:"因为我也想救她。"

2.

眼前是一栋废弃的大楼,无数的玻璃窗仿佛是有了生命的眼睛,巡视着这片土地。直到这几人出现,所有的目光一同看过来。

李维森头皮发麻,就好像暗处有一万双眼睛盯着自己,并且还发出诡异的笑声。

史津塞现在已经极其虚弱了,无力地靠着墙壁,说道:"你们打不过他的,还要去吗?"

秦渺渺看向雷欧彦,他依然是那副表情,眼底波澜不惊。

李维森走上前,眸光灼灼,仿佛是期待这一刻很久了。

答案是肯定的。

史津塞无力地笑笑,朝兔子招了招手。

秦渺渺犹豫了一下,走过去。史津塞递过来一粒药丸,然后秦渺渺听到了他的声音:遇到危险的时候吃掉它。

可这是……

秦渺渺没来得及问出口,史津塞便晕了过去,然后竟然就这么融进了地里,凭空消失了。

几人皆是一愣。

雷欧彦凝眉，沉声道："我们先进去。"

谁知刚踏进这栋楼，整栋楼便急速下坠，像是大型电梯一样，直降地底。停下来的时候周围一片漆黑。

雷欧彦点亮光，朝前走，推开一扇门，一阵疾风吹来，他大喊一声："小心！"

随即，一阵刺耳的鸣叫声几乎要刺破人的耳膜。这对于兔子来说更是折磨，秦渺渺觉得头都要炸开了，喉咙里一股腥甜的味道。

雷欧彦举起天煞，一声巨响，才得以有短暂的安宁。

"什么东西啊！"李维森觉得自己耳朵要出血了。

"白玲鸟。"雷欧彦说着，只见一只巨大的白色飞鸟飞出来，光是扇动翅膀就已经足以将他们掀翻。

鸟喙尖而长，且坚硬无比，叫声更是尖锐刺耳。见它俯冲下来，李维森立刻冲上去，举起刀挡住它，竟然也被逼到了墙角，然后喷出一口血来。

"快……进去。"李维森从牙缝里吐出几个字，然后奋力跳起来，踩上那鸟的头，跳到它的背后，把长刀直接扎下去。

白玲鸟因为剧痛开始挣扎。李维森再次催促道："快走！"

雷欧彦犹豫几秒，喊道："兔子！"

秦渺渺愣了片刻，他好像看到李维森嘴角扬起的笑，张扬而肆

意，仿佛是期待已久，

他跟上雷欧彦。

李维森被掀翻在地上，秦渺渺忍不住回头。

"走吧。"李维森撑着刀站起来，先前未痊愈的伤口裂开了。他浑身是血，却似乎感觉不到疼痛，再一次跳上鸟的背部。

这次很快便被甩了下来。

如此往复，不知疲惫。

李维森这个时候才终于找到了自己想要的东西——

他要征战沙场，要守护人类的疆土，他愿为此在所不惜，哪怕是自己的命。他说过的，没有什么可以让他放弃自己的生命，除非是守护这山河。

李维森站起来，手里的刀有了缺口，却依然有无坚不摧的气势。

"这里交给我吧。雷欧彦，这是我欠你的。"

他最后一次跳上鸟背，把刀稳稳地扎进了它的眼睛里。

又是一声鸣叫，那鸟喙却忽然有了生命似的，转过弯来，直直地朝着李维森扎去……

门被关上，一切被隔绝在外面。房间忽然转动起来，像是魔方，他们被换到了另外一个空间。

而他们此刻面对的不是怪物，是戴蒙。

雷欧彦并不意外，应该是早就知道了。

戴蒙无疑是想保护整个人类基地，所以他不惜改造怪物，制造出最初的人造怪物，想把它们当作武器。

又或者是将雷米亚交到怪物这里，逼她交出抑制剂成分表，想以此为条件，换取怪物的承诺，承诺不再进攻人类。

他急于求成，却又太过天真。怪物要的是地球的主导权，成分表只会被反过来利用对付人类而已。

可是他明白这些之后已经没有退路了。他现在唯一的选择就是答应怪物的条件，成为傀儡，维持短暂的和平。

"这就是你要的吗？"雷欧彦沉声问道。

戴蒙沉默几秒才说："我只是不想出错。"

不想出错，便不断地犯错。

"雷米亚很快便会交出成分表，只要她交出来，一切就都结束了，我们都可以回到原先的轨道上。你们为什么要拦着我？"

"你觉得可能吗？"

"我说过了，不要拦我，"戴蒙太过偏执，似乎已经失去了理智，双目猩红，"你打不过我的。"

他说着，亮出武器，是一把银枪。

戴蒙很少拿出武器来。雷欧彦上一次见，还是在很小的时候，他差点被怪物咬死，是戴蒙开了枪，一张激光网瞬间将怪物包裹住，然后缩紧，将它生生切割绞缢而亡。

而再见，这枪就是瞄准了自己。

戴蒙毫不犹豫地开枪，雷欧彦躲开，两人瞬间绞打在一起。雷欧彦还是处于下风。

秦渺渺原本想上去帮忙，可瞬间涌现出不少的怪物散兵，他自顾不暇，被狠狠地摔在墙上，它们好像就是为了来牵制住他的。

秦渺渺寡不敌众，很快便败下阵来，趴在地上动弹不得，他快没有意识了。

一只怪物亮出獠牙，就要咬断兔子头颅的时候，雷欧彦分神看过来，抽出暗器射过来，怪物被钉在了墙上。

戴蒙也因此趁机开了一枪，子弹边缘划到了雷欧彦的脸，划出了一道血红的伤口。

秦渺渺吃力地抬头，只见戴蒙步步紧咬，雷欧彦好像是乱了节奏，失去了主动权，节节败退，最后被狠狠地掀在地上，吐出一口血来。

雷欧彦……

秦渺渺眼前一片昏黄，他吃力地往前爬去，突然发现地上躺着一粒药丸，那是史津塞给他的。

秦渺渺咬牙，用尽最后一丝力气，捡起药丸吞了下去，身体里忽然涌现出一股奇异的感觉。

雷欧彦站起来，戴蒙的枪抵着他的额头："你又输了。"

雷欧彦低着头，沉默良久，而后又抬头，眼神煞人，轻嘲道："是吗？"

"放开他！"只听一道人声，随即剑光劈下来。

戴蒙毫无防备，即便反应飞快地挡住了激光剑，可下一刻，雷欧彦的刀还是抵上了他的脖子。

戴蒙这才看到背后的人，是一个从未见过的少年。

原来那粒药丸里是史津塞的血。秦渺渺变成人了，而且伤口全部自动痊愈了，所以这是……史津塞的能力？

他愣了一下，跑到雷欧彦身边，迫不及待地说："我是……"

"我知道，"雷欧彦声音竟然柔软了下来，"我知道是你。"

秦渺渺愣住了：他为什么会知道？

"哼，"戴蒙冷哼一声，"果然是怪物。"

他看向雷欧彦，又说："雷欧彦，你自己带着怪物在身边，又凭什么说我做错了。"

话音一落，他便挣开了雷欧彦的钳制，两人再次扭打在一起。

怪物散兵也再次涌了上来，而秦渺渺也才发现，史津塞的能力不仅仅是自愈，还可以控制空间。

戴蒙开枪，秦渺渺伸手，仅仅一个动作，便让激光网自爆。他抬手，戴蒙被抬起来，然后摔在地上。

如此几次，戴蒙眼里终于露出些惊慌的神色，连雷欧彦也觉得诧异。

可秦渺渺毕竟是半道出家，并不能很好地控制这种能力。不知道为什么，忽然失灵了，而就在此时，戴蒙朝他开枪。

"小心！"雷欧彦大喊。

秦渺渺抬头，激光网朝他飞来，他毫无准备，瞬间被捆住。

雷欧彦再次冲上前去，很快将戴蒙钳制住，眼神非常瘆人："放开他，不然我杀了你。"

"哈哈哈，"戴蒙忽然笑起来，"我很想知道，如果要你在雷米亚和他之间选一个，你会选谁？"

秦渺渺快疼得喘不过气了，激光网不断地收缩，切开他的皮肤，而后愈合，再切开，可每一次的疼痛都是无法承受。

秦渺渺疼得只能断断续续地说："雷……欧……雷欧彦……"

雷欧彦听着少年压抑的嗓音，红着眼睛，毫不犹豫地将刀插进戴蒙的肩胛骨，语气带着狠意："我说，放开他。"

戴蒙喷出一口血，笑了起来，狰狞而狂妄："雷欧彦，你这么做会毁掉这个世界的……"

忽然间，戴蒙似乎被掐住了喉咙，发不出一点声音。

雷欧彦回头，看见了史津塞，他一手扶着雷米亚，一手朝着戴蒙的方向，眼睛里是残酷的狠戾。

原来他是去找雷米亚了。

戴蒙终于妥协了，放开了秦渺渺。史津塞也松了手，戴蒙摔在地上，几乎没了意识。

雷欧彦扶起秦渺渺，秦渺渺痛到意识不清，缩在他怀里，喃喃道："好痛……好痛啊……"

雷欧彦轻声道："好了不痛了。"

"3号，这不是你该做的事情。"一个厚重而低沉的声音，正是这里的V级怪物。

史津塞面无表情，将雷米亚放在地上，然后开口："我有名字。"

他站起来，继续道："我叫史津塞。"

他说着，忽然伸手，只见眼前的墙面像是肌肉一样被撕开，露出怪物的真面目来，是一个骷髅头。

骷髅头张着嘴笑起来，震得整栋楼摇摇欲坠，砖块瓦砾不断地掉下来："我看你是忘了自己是个什么东西！"

话音刚落，无数利箭从四面八方射过来。

史津塞一抓手，那些利箭便全都折了，掉在地上。

骷髅再次笑起来："不错，不愧是我的徒弟。"

顿了几秒，骷髅忽然暴怒："我让你潜伏在人类里，是要你找到他们的弱点，而不是让你变成人不人、鬼不鬼的东西！"

史津塞忽然被一股无形的力量震开，撞到墙上，吐出一口鲜血。

雷米亚吃力地睁开眼："小……津……"

骷髅头似乎是要置史津塞于死地，第二波冲击又要劈来。

雷欧彦上前，拿起天煞挡了下来，天煞用的是世界上最坚固的材料，可此刻却发出破裂的声音。

他咬牙，扣动扳机，一道光炮出去，击中骷髅头，它这才松了手。他们终于有了短暂的喘气机会。

史津塞看了眼旁边极其虚弱的秦渺渺，说道："我会送你们出去的，但我不可能打败它，只能让它进入短暂的修复期。"

他看向雷米亚："之后该做什么，你应该知道了。"

雷米亚抓住他的手："小津。"

史津塞握上她的手，属于人类的温度从手心传来，直达胸腔，可他那里是空的。

怪物是没有心的。

可史津塞还是觉得自己好像已经彻底地变成了人，他笑了笑，说道："当人比当怪物好多了。"

谢谢你，把我变成人，让我体会到人类的快乐与温情。

他站起来，面向骷髅头的方向走过去，徒留一个单薄的背影。

3.

秦渺渺再次睁开眼时，所有人都在外面，自己也变回了一只兔子。

因为史津塞死了。他是V级怪物，是唯一能与那怪物抗衡的人，所以他牺牲了自己，把他们送了出来。

李维森浑身是血，肩膀上有一个巨大的窟窿，不知死活。

雷欧彦扶着雷米亚站起来，秦渺渺对上他的目光，瞬间红了眼眶。

秦渺渺以为一切都结束了，却听到一声轰隆隆的声音划破天际。战机落地，秦渺渺以为是救援，却看到了郝银。

那是他第一次在郝银脸上看到这种表情——严肃、无望。

秦渺渺心里瞬间涌出一股强烈的不安，他好像是唯一一个不知道发生了什么事情的人。

"怪物现在正处于修复状态，"雷米亚声音微弱，"戴蒙和怪物的阴谋还没有结束，戴蒙当时为了获取怪物的信任，将NAT基地的泉眼放到了怪物巢穴。目的很简单，如果怪物受到威胁，便会不惜一切代价，毁掉泉眼。"

泉眼一旦毁灭后果可想而知，整个人类生存所需的养分全都不复存在，人类必将是死路一条。

但毁掉泉眼对于怪物的伤害也是巨大的，所以它们不会轻易这么做。而戴蒙将雷米亚送到这里的真实原因，也是想让雷米亚交出成分表，换回泉眼。

对他来说，牺牲一个雷米亚不足为惜，即便是他的未婚妻。

"所以泉眼现在在这里？"雷欧彦问道。

雷米亚说："是，这也是为什么要郝银来的目的。战斗机上有足量的抑制剂成品。如果要挽救人类基地，那么只能将抑制剂送到怪物核心，彻底杀掉它。"

只有抑制剂才能在不破坏泉眼的基础上彻底消灭这个怪物。

可他们刚刚才从那里出来,现在要怎么进去？秦渺渺看向大家，这才注意到雷米亚悲怆的眼神。

他又看向雷欧彦，雷欧彦还是那副平静无澜的样子。秦渺渺觉得心里好像有什么东西坍塌了，不停地摇头：不会的，不会是我想的那样。

"怪物现在正处于自我修复状态，各大屏障都开启，一般人很难进去，"雷米亚的声音越来越低，剩下的话不说大家也都明白了，"我们必将牺牲一个战士，雷欧彦是唯一的选择。"

大楼燃起熊熊火焰。所有人都格外平静，好像早就预料到了这一天的到来。

只有秦渺渺绝望地看着雷欧彦：他为什么能坦然地接受这一切？他难道不想要活下去吗？

"这个时代,没有人能安稳地过完这一生的,"雷欧彦看着兔子,平静地说,"停在这里,我觉得够了。"

不行!不会的,不要去,一定有别的办法。

秦渺渺大叫,无法保持理智,只遵从自己的心。

不可以,你不可以接受这样的命运。

他急了,一口咬上雷欧彦的手,想叫雷欧彦清醒一些。

可雷欧彦却像是感觉不到疼似的,见他发泄完了,伸手搭上他的头:"以后不会有人要吃你了,不好吗?"

兔子摇头,眼泪蓄满眼眶。

雷欧彦拨开兔子,喊道:"郝银。"

郝银眼眶红了,一句话也说不出来,可他别无选择。他降落之前试过,他根本进不去。

如果要在他和雷欧彦之中选一个活下来,他一定毫不犹豫选那小子,可是他连送死的资格都没有。

郝银苦笑一声:"知道了。"

雷欧彦转身。

秦渺渺想奋力飞起来拦住他,可是根本不由自己控制,身上装备的掌控权在郝银那里,他只能被迫往郝银那里飞去。

放开我,雷欧彦,雷欧彦你不要去!

秦渺渺哭喊着,仿佛要把兔子这一生的眼泪都流完。

雷欧彦，我求求你，不要去！

我求求你！

郝银，我求求你放开我，你放开我！

秦渺渺语无伦次。他伸手，想抓住什么，却什么也抓不住。他终于明白什么叫绝望。

是无力的，又无法抓住的。

雷欧彦上了飞机，回头看着兔子，笑了笑，说道："谢谢。"

雷欧彦一直知道，在这个世界里，安稳不属于他，温情不属于他，属于他的只有杀戮和鲜血。

不是他偏爱这些，而是这个世界只给了他这些。

他想做的是保护这个世界，也希望他的兔子可以活下去，活久一点。

因为这只兔子，让他对这个世界有了眷念。

雷欧彦最后回了一次头：如果有来生，希望我们会在一个很好的年代遇见。

他开着战机，如同一只飞蛾，毫不犹豫地冲进火光里。

忽然之间，天地间传来一声巨大的声响，像是盘古开天辟地的一瞬间，宇宙混沌不清，弥漫着一层拨不开的浓雾。

雷欧彦！

兔子绝望地呼喊，却再也没有一个银发少年出现。巨大的冲击力将他震开,身上的战衣终于裂开了。

可是他却再也飞不起来了,他无法去到他想去的地方。秦渺渺从高处坠落,掉在了那片湖里。

其实有那么一瞬间,他可以救自己的,可是他没有。

他又想起那句诗来——

> 我等原野的风
> 我等云彩带来的消息
> 茉莉叶的窗帘飘起,玫瑰花就会显现
> 我注视来往的人
> 我等点亮的灯,照耀我爱的人们和爱我的人

秦渺渺觉得他等不到了。这温柔珍贵的人间,再也不属于他了。

冰凉的湖水迅速将他包裹起来,他看着月亮落在湖面,染上了深夜的蓝色,像极了一只眼睛。

月亮坠落了,世界走向了终结。

他闭上了眼。

雷欧彦……

"秦渺渺!"

"渺渺!"

"喵喵!"

秦渺渺猛地睁开眼,昏暗的光线,陌生又熟悉的地方,几张脸在眼前渐渐清晰。秦渺渺花了好几秒才认出他们,是班长和同学们。

断层的记忆这才重新回到脑海里,他还在密室里,还在那个盒子里,只是底部蓄了些水。

他忽然坐起来:"雷欧彦?"

"雷啥?"班长莫名其妙地看着他,"喵喵怎么了?看起来傻傻的。"

几人合力把他扶出来。

秦渺渺站不稳,坐在地上,看着这群熟悉的面孔,恍惚了许久。

他这才意识到自己回来了,回到了原本的世界。

那雷欧彦呢?

脑袋里七零八落的碎片拼凑在一起,秦渺渺分不清哪些是真的哪些是梦,只记得雷欧彦最后看向他的那个眼神,温柔又决绝,不留一丝余地。

秦渺渺回来了,而雷欧彦永远留在了世界的尽头。

钝痛感从左胸腔传来,心脏的每一次跳动都好像在击打着他的肋骨。太痛了,痛到最后实在忍不住了,秦渺渺顾不上丢不丢脸,忽然抱住班长哭了起来。他语无伦次地反复念叨着一句话:"我回来了，可是他怎么办啊。

"他怎么办啊……"

"不哭了不哭了，"班长不知道到底发生了什么，但秦渺渺哭得太吓人了，班长只能轻轻拍他的背安抚，"不哭了，我们不玩了，我们出去吧，出去就好了，离开这里就好了。"

秦渺渺身上有点湿了，披着干毛巾坐在大厅，还是那副灵魂出窍的样子。

班长买了热饮拿过来："该不会吓傻了吧？"

秦渺渺稍微缓和了一些，说道："谢谢你，班长，我没事。"

他低下头，看到自己的脚踝，陡然又怔住了。班长也奇怪，无意问道："什么时候搞了个脚链？"

细细的几股五彩麻绳，交织在一起，年代似乎有些久了，颜色都黯淡了许多。这是雷米亚送他的护身绳。

为什么会在这里？

秦渺渺好像感知到了什么，猛地抬头，前台处站着一个男人，穿着简单的黑T恤，亚麻色裤子，短发干净利落，背对着他，正在跟店主说话。

秦渺渺忽然站起来。

班长问道："怎么了？"

"他是谁？"

班长说："应该是我们刚玩的那个剧本的编剧，故事就是他写的，听说有人玩傻了来看看。"

秦渺渺看过去，那人刚好回头，两道视线猝不及防地相遇。

秦渺渺不动了。

店里的音乐缠绵悱恻，婉转的女声刚好唱到那句"有生之年，狭路相逢，终不能幸免"。

男人顿了顿，迈开腿走过来，停在秦渺渺跟前。

仲夏夜晚，他身上却带着一丝微凉的气息。

他伸手，朝秦渺渺微微颔首："你好，我姓雷。"

那一刻，茉莉叶的窗帘飘起，玫瑰终于显现。